구자명 짧은 소설

진눈깨비

구자명 짧은 소설

진눈깨비

초판 1쇄 찍은날 2016년 3월 25일
초판 2쇄 펴낸날 2016년 11월 25일

지은이 구자명

펴낸이 최윤정
펴낸곳 도서출판 나무와숲 | 등록 2001-000095
주 소 서울특별시 송파구 올림픽로 336, 1704호(방이동, 대우유토피아빌딩)
전 화 02)3474-1114 | 팩스 02)3474-1113 | e-mail : namuwasup@namuwasup.com

ISBN 978-89-93632-53-8 03810

* 값은 뒤표지에 있습니다.

구자명 짧은 소설

진눈깨비

나무와숲

적막한 허욕

그 얼굴이 보고 싶다
다감하고 넉넉하고 무심한
깊고 막막하나 열정의 불꽃이 이따금 얼비치는
아테나가 황금빛 머리채를 끊어 문수에게 바치는
오래된 미래의 부뚜막에서 졸다 깨서 꿈이런가 여기는
그것은 저문 가을날 강바람 소슬한 갈대밭에서
허전한 가슴이 언제나처럼
몹시도 시야를 흔드는
쓸쓸한 허욕이 꿈꾸는 얼굴

*
박목월의 시 〈적막한 식욕〉을 패러디.

차 례

순례자는 강가에서 길을 떠난다

진눈깨비

돼지효과에 대한 한 보고

그녀의 선택

순례자는
강가에서 길을 떠난다

순례자는 강가에서 길을 떠난다 1

그 애와 나는 서너 살 적부터 배꼽 동무였다. 여름철이면 종일토록 강변 모래밭에서 홀딱 벗고 배꼽이 닳을 듯 엎치락뒤치락 뒹굴었고, 겨울이면 쌀가마며 곡식 자루를 두는 마루방에 숨어들어 서로의 몸에 달린, 자기 것과 다른 돌기들을 관찰하며 키득거렸다.

방앗간 집 팔남매의 막내아들인 그 애는 현대식 정미소가 동네에 들어서면서 집안 형편이 어려워졌다. 독일 선교사 신부들이 세운 수도원에서 잔심부름을 하며 고등학교까지 마친 그 애를 독일에 간호사로 가서 자리를 잡은 둘째 누이가 불러들였다. 인근 도시의 지방 국립대로 열차 통학을 하게 된 내가 첫 학기말 고사를 치르고 돌아오던 날, 그 애가 역 앞에 우두커니 서 있는 걸 보았다. 보슬비가 내리는 저물녘이었다. 수도원 사제들이 쓰는 커다란 검정 우산을 내 머리

위로 받쳐 주며 그 애가 말했다.

“나 멀리 간데이, 내일.

우리는 약속이나 한 듯 강 쪽으로 걸음을 옮겼다.

“무슨 이상한 병에 걸렸다 카네, 내가. 여서는 안 되고 독일 가믄 고칠 수 있다 캐서…….”

가는 빗발 속에서도 연한 살구빛 노을이 비껴 있는 강가 풍경은 여느 때처럼 정다웠다. 젖은 모래밭에 그 애와 나는 크고 작은 물새들처럼 길고 짧은 발자국을 콕콕 찍으며 오래 걸었다.

“이제 가면 니캉 언제 다시 볼란지 모르겠구마.”

“빨랑 병 고치고 돌아와. 기다릴게.”

“시집 안 가고?”

“시집? 뭐라카노 야가, 미쳤나 니?”

내가 얼굴을 붉혔던가. 그 애가 열에 들뜬 눈으로 쳐다보았을 때 나는 전에 없이 뺨이 화끈거리는 걸 느꼈다. 멀리서 우레가 들리는 것 같더니 주위가 갑자기 어두워지면서 빗발이 사나워졌다. 그가 내 어깨를 감싸고 뛰기 시작했다.

잠시 후 우리는 비릿하고도 달큰한 향내가 안개처럼 자욱한 진초록의 밤숲에 들어와 있었다. 젖은 풀섶 위로 그 애와 나는 배꼽을 마주하며 쓰러졌다. 우리는 배꼽 동무였다.

십이 년 후 그가 독일 선교회의 사제가 되어 잠시 고향을 방문했을 때 나는 다른 도시에서 살고 있었지만 그 소식을 듣고 수도원 사제관을 찾았다. 돌박이 둘째 아이의 세례를 의논하기 위해서였다. 며칠 후 그의 집도 아래 수도원 성당에서 침례 의식을 치른 내 아이는 야고보란 세례명을 받았다. 야고보는 마리아의 남편 요셉의 친자로 예수의 동생이라 했다.

"큰애는 어딨고?"

세례식이 끝나고 그가 내 첫 아이에 대해 물어 왔을 때 나는 그 애가 태어나자 곧 내 품을 떠났다고 대답해 주었다. 오랜만에 고향의 강가를 거닐고 싶어 하는 그를 따라 나 역시 오랜만에 강을 찾았다. 그는 밤숲 앞을 지나다가 문득 생각난 듯 말했다.

"네 큰애의 영혼을 위해 기도하꾸마."

그 후 칠팔 년쯤 지나선가, 스무 살이나 위인 남편이 뇌일혈로 쓰러져 간병에 경황없을 즈음 나는 그가 인도네시아 어디선가 마약 퇴치 선교 사목을 하다가 괴한의 총탄을 맞고 선종했다는 소식을 들었다.

순례자는 강가에서 길을 떠난다 2

광야에서 메뚜기와 들꿀을 먹고 산다는 은수자가 강가에서 외쳤다.

"기다렸던 분이 오십니다. 길을 비키시오."

형은 갈릴레아에서 요르단으로 소문을 듣고 찾아 나선 길이었다. 은수자가 두 팔을 벌려 형을 맞았다.

"제가 선생님을 찾아가 세례를 받아야 할 터인데 선생님께서 제게 오시다뇨?"

형이 답했다.

"지금 이대로 하세요. 우리는 이렇게 해서 우리의 소명을 이루어야 합니다."

곧이어 형이 강물 속으로 들어가고 은수자가 뒤따라 들어가 세례를 베풀었다. 마른벼락이 치고 하늘이 순간 쩍 갈라져 속살을 보이듯

오묘한 광채를 뿜어냈다. 주변으로 물러나 나와 함께 이를 지켜보던 한 무리의 사람들이 수군거렸다. 그것 봤소? 무슨 빛줄기 같은 것이 저 순례자 머리 위로 새처럼 내려앉던 거? 그리고, 무슨 소리도 들렸던 거 같아. 내 아들…… 어쩌구, 뭐 그런 소리 말이요. 그래, 사랑하는 아들, 어쩌구저쩌구 한 거 같소만.

나는 명치끝에 뻐근한 통증을 느꼈다. 형은 이제 완전히 우리를 떠나려는 거다. 그 통과의례를 치르기 위해 먼 길을 온 것이다. 길 떠나기 전에 어머니가 그러셨다.

"이번 여행에서 돌아오면 형은 이제 우리 집 아들이 아니다. 세상을 위해 길을 나선 사람은 뒤를 돌아보지 않는 법이다, 얘야. 이제부터 네가 형 대신 어미 곁에서 집안을 돌보며 살아줬음 싶구나."

하지만 나는 어려서부터 속을 알 수 없으면서도 뿌리치기 힘든 흡인력을 지닌 형이란 사람이 찾아 나선 길이 궁금했다. 그래서 당분간 이번 여행처럼 눈에 띄지 않게 따라다니며 그가 과연 어떤 사람이고 무엇을 이루고자 하는지 알아볼 속셈이었다.

형이 물이 뚝뚝 듣는 몸으로 강에서 나와 내 쪽으로 걸어왔다. 나는 활짝 미소 지으며 그에게 두 팔을 내밀어 안으려는 시늉을 했다. 하지만 형은 그런 나를 알은척 하지 않고 그대로 지나쳐 광야로 이어지는 돌밭 길로 내쳐 나아갔다. 나도, 구경하던 사람들도, 아직 강물 속에 발을 담그고 있는 은수자도 알지 못할 어떤 힘에 붙들린 듯 제자리에 멈춰 서서 점점 멀어지는 그의 뒷모습을 바라볼 뿐이었다. 황막한 광야의 지평선 위로 석류빛 노을이 장엄하게 펼쳐지기 시작했다.

순례자는 강가에서 길을 떠난다 3

레스토랑은 점심때가 살짝 지나선지 한산했다. 하긴, 이렇게 장맛비가 퍼붓는 날 인도 음식을 떠올릴 한국인은 많지 않을 것이었다. 비 때문에 늘 만나는 강변 카페가 마땅치 않으니까 다른 데서 보자고 했을 테지만 하필이면 강가로 정한 야고보의 강에 대한 집착이 우스워 나는 실소가 나왔다.

갠지스의 힌두명인 '강가'라는 이름의 이 업소는 동서로 나뉜 여의도에 각각 위치한 그와 나의 일터에서 내 쪽에 좀 더 가까웠다. 특별한 일이 없는 한 우리는 매주 수요일 점심에 만나 온 게 이 년째였고, 삼십 년 전 야고보네가 우리 집 문간채에 세를 들면서 위로 터울 진 오빠만 셋인 나와 소꿉놀이 상대가 돼준 이후로 그는 내게 소꿉친구였다.

키가 큰 곱슬머리 남자가 우산을 털며 레스토랑 입구에 나타났다. 점심으론 좀 과하다 싶게 커리 두 종류에 탄두리 치킨까지 곁들여 시킨 다음 그가 물었다.

"맥주 할래?"

"낮에 웬 맥주?"

"할 얘기가 좀 있어."

"차 마시고 하면 안 되는 얘기야?"

"안 될 건 없지만 좀 그렇네."

"그럼 이따 저녁에 만나 한 잔 할까? 나 오후에 책 기사 하나 넘겨야 해."

"그럴까? 아냐… 지금 하는 게 낫겠어. 저녁엔 짐 꾸려야 해."

"짐? 어디 가?"

"응. 잠깐만……."

그가 손마디를 꺾으며 웨이터를 불러 삿포로를 시켰다.

"일본 놈들 맘에 안 들지만 맥주 하난 맛있어. 깔끔하잖아."

"아 궁금하다, 빨리 얘기해 봐. 어디 가는데?"

"시리아. 정확하게는 터키 국경의 시리아 난민 지역."

"아니, 유럽 쪽 담당이면서 그쪽은 왜 가?"

"리포터가 큰일 터지면 아무 데고 다 가지 내 담당 남의 담당 가려? 그쪽 심각해. 화학전까지 우려되거든."

"그럼 더 가지 말아야지. 너네 엄마 어쩌라고."

"그래서 말인데, 짧으면 몇 달, 길면 일 년 이상도 걸릴 수 있으니까 니가 울 엄마 그새 좀 돌봐줘라. 노친네가 혼자서 웬갖 상상 다 하며 벌벌 떨 거 같으니까."

"싫어! 가지 마. 나도 너 그런 데 가는 거 싫고, 니네 엄마 책임지는 것도 싫어."

찬 맥주가 날라져 왔다. 그는 내 잔에 8부만 따르고, 자기 잔에 살짝 넘치도록 부어 늘 그러듯이 혀끝으로 글라스 둘레를 재빨리 핥았다. 그 모습이 꽤나 여유로워 보여 순간적으로 시리아 따윈 그와 관계없는 현실인 양 느껴졌다. 잔을 반쯤 비우고 나서 그가 정색을 하고 말했다.

"내일 떠나는데, 솔직히 언제 다시 보게 될진 모르겠다. 형처럼은 아니지만 생사가 교차하는 치열한 현장에 한번 나를 던져 넣고 싶단 생각을 해온 지 오래야. 나도 날 기약 못 하겠어. 형은 이런저런 사족 없이 자신을 내던졌지……."

형을 입에 올리면서 그의 눈빛이 이상한 열기를 뿜었다. 내가 알기로 그의 형은 자신의 생부와 길러 준 아버지가 다르다는 것을 눈치채게 된 십대 후반부터 더 이상 어머니 곁에 머무르지 않았다. 군부정권 시절 학생들이 주도하는 모든 시국 집회 현장에서 선봉대 역할을 도맡아 한 지 삼 년 만에 끌려가 고문치사의 종말을 맞았다. 이후 그들의 어머니 유마리아 여사는 둘째 아들에게 나와 함께 다니던 성가대 활동마저 접게 하고 근신을 시켰으나 야고보가 성인이 되어 갖게 된 직업, 방송사 외신 기자 일에는 늘 어느 정도 위험이 잠재했다. 지난 두 해가 그로서는 국내에서 대사관 출입이나 하며 지낸 드물게 평화로운 시기였는데, 결국 또 근성이 발동한 것이다. 게다가 시리아라니! 나는 소꿉친구로서 이건 절대 말려야 한다고 생각했다. 근데

낼 떠난다고? 맙소사! 날 친구로 여기긴 하는 거야? 갑자기 걷잡을 수 없이 화가 치밀어 올랐다. 나는 내 잔의 맥주를 단숨에 다 들이켜고 눈을 치뜨며 그를 힐난했다.

"이거 뭐야? 그냥 가버리면 그만이란 말이지? 무책임하게!"

그가 눈을 둥그렇게 떴다.

"내가 뭐 책임질 일 한 거 있나, 너한테? 넌 내 친구잖아. 그러니까 이렇게 임박해서도 편하게 부탁하는 거 아냐."

"안 돼! 편하게 부탁하지 마. 꼭 가야 되면 네 엄마 네가 안심시키고 얼른 갔다 돌아와."

그는 당황한 표정으로 말없이 제 잔에 맥주를 채웠다.

주문한 음식들이 이국적인 향내를 풍기며 차례로 테이블에 날라져 왔지만 그도 나도 손을 대지 않았다. 빗줄기가 더 굵어져서 창밖 풍경이 흐릿해졌다. 내가 가방을 챙겨 들고 일어서자 그가 내 팔을 붙잡아 앉히며 말했다.

"화내지 마. 그렇게 화를 내면 내가 정작 하고 싶었던 말이 목에 걸려 안 나와. 뭔고 하니… 이번에 무사히 다녀오면… 너랑 같이 살았음 좋겠다는… 뭐, 그런 생각을 해봤어. 넌 어쩐지 모르지만 난 사실 이런 생각 한 지가 꽤 오래됐어……. 얘기할 적당한 기회가 없었지, 뭐. 피차 너무 편하게 대하다 보니까 말야. 친구 그만 하자, 우리."

데스크에서 내 비어 있는 자리를 궁금해할 시간이 되었다. 나는 뜨거워진 눈시울을 관리하느라 미간 근육에 잔뜩 힘을 준 채 자리에서 일어서며 짐짓 심상하게 작별인사를 했다.

"잘 갔다 와. 되도록 얼른. 기다릴게. 친구야."

"친구 그만 하자는데도 그러네."

그가 일어서며 내 어깨를 툭 쳤다.

"그건, 너 돌아왔을 때 하는 거 봐서……."

그가 하하하 웃었다. 나도 피식 웃고는 어서 가보라며 그의 등을 떠밀었다.

강가에서 그렇게 우리의 한 철이 속절없이 사라져 갔고, 장대비 속에 검은 우산을 받쳐 든 또 한 사람의 순례자가 광야로 떠났다.

깊고 눈부신 어두움*

- 야고보란 이름의 그들 1 -

그는 짙어 가는 어둠 속에서 자꾸 몸을 뒤채었다. 독수리 발톱처럼 심장을 움켜쥐고 조여 오는 두려움의 악력은 상상 이상의 것이었다. 며칠 전만 해도 수많은 군중이 지켜보는 가운데 웃음 띤 얼굴로 그리도 의연하게 헤로데의 판결에 응했던 그였다. 그는 자신이 누운 돌침상 아래 어딘가에 놓여 있을 포도주가 든 가죽자루를 얼핏 떠올렸지만 이내 고개를 저었다. 초저녁에 밥을 넣어 주러 온 간수는 슬그머니 자기 허리춤에서 술 자루를 끌러 던져주며 말했었다. 새벽을 위해 준비해 두게. 한때 '천둥의 아들'이라 불리며 스승의 염려를 샀던 그가 제 급한 성미에 걸맞게 사도들 중 제일 먼저 스승 곁으로 가게 될 참이었다.

그는 고문으로 만신창이가 된 천근 같은 몸을 일으켜 자기 안의 빛마저 위협하는 적대적인 어둠과 정면으로 대좌했다. 지하 감옥의 밤은 무한 암흑과 절대 고독의 공간이었다. 어둠의 정령들이 그들의 가장 비극적이고 불온한 춤사위를 펼치는 곳이었고, 체념을 부추기는 허망의 탄식에 어설픈 희망의 찬가 따윈 맥없이 자리를 내어주는 곳이었다. 죽음을 목전에 둔 그는 한없이 두렵고 외롭고 서러웠다. 그의 입에서 신음 같은 절규가 새나왔다.

"스승이시여, 굽어보고 계시나이까!"

그 순간 어둠의 장막을 뚫고 어떤 낯익은 장면이 하나의 환영처럼 홀연히 떠올랐다. 카야파의 무리들에게 잡혀가던 날 밤, 겟세마니에서 기도하던 스승의 모습. "내 마음이 너무 괴로워 죽을 지경이다." 그분은 제자들에게 이렇게 토로한 후 다시 나아가 엎드려 기도하셨다. "무엇이든 하실 수 있는 아버지! 이 잔을 저에게서 거두어 주십시오. 하지만 제 뜻이 아니라 아버지의 뜻대로 하시옵소서." 그때 이루 말할 수 없는 번민의 절정에서 숯이 되어 버린 그분의 존재가 뿜어내던 불꽃, 그 불꽃의 그림자, 그 그림자의 광휘, 그 광휘 속의 검은 핵, 깊고 눈부신 어둠이던 스승의 고통……. 그때는 놀랍고 어리둥절해 설명할 길 없었던 그것이 무엇인지 이제 그는 알아볼 수 있었다. 그것은 가장 짙은 어둠만이 품고 있는 빛의 약속이었다.

그는 손을 뻗어 침상 아래에서 포도주 자루를 찾아 들었다. 언젠가 스승이 물으셨다. "내가 마시려는 잔을 너희가 마실 수 있느냐?" 이어 스승은 예언하셨다. "너희는 내 잔을 마실 것이다." 그는 이제 자신이 그 잔을 마실 준비가 되었다고 느끼며 포도주 자루를 열었다.

어둠 속에서 그의 미소가 희게 빛났다.

새벽 세 시경 횃불을 들고 사형수를 데리러 지하 감옥으로 내려온 간수와 사형 집행인 클레멘스 알렉산드리누스는 죄수가 있는 방으로부터 이상스런 빛이 흘러나와 복도 전체를 비추고 있는 것을 발견했다. 가까이 다가가 보니 등을 보이며 침상에 엎드려 있는 죄수의 검은 실루엣에서 무어라 표현할 수 없는 몽환적인 광채가 번져 나와 온 방에 은하처럼 흐르고 있었다.

그날 그의 순교를 지켜본 알렉산드리누스는 그리스도인의 신앙으로 개종하였다. 그리고 곧 그의 뒤를 따라 순교하였다.

* 17세기 영국 시인 헨리 본의 시 〈밤〉에서 인용한 표현.

선택받은 돌

"배신자는 아겔다마에서 비참한 최후를 맞았습니다. 이제 그의 자리를 메울 사람을 새로이 뽑아 성스러운 제 몫을 맡게 합시다!"

열한 명의 동료들과 백수십 명의 군중에 에워싸여 그는 이전엔 상상조차 어려웠을 지도자적 카리스마를 내뿜으며 열변을 토했다. 집회는 대성공이었고 오랫동안 그의 무리와 고락을 함께 해온 M이 열두 번째 사도使徒로 선출되었다.

농익은 무화과 향이 예루살렘의 술꾼들을 더욱 혼몽하게 만드는 밤이었다. 그는 잠자리에 들기 전에 이튿날의 전도 일정을 머릿속에서 정리한 후 기도를 올리려고 바닥에 꿇어 앉아 두 손을 모았다. 이른 아침부터 강행군하며 신들린 듯 보낸 하루의 피곤이 온몸에 포도주처럼 번졌다. 자꾸만 가물가물해지는 정신을 붙들어 기도에 집중

하려 했으나 어느새 수마睡魔는 그를 점령하고 말았다. 그는 결국 무릎을 꿇은 채 침대 모서리에 머리를 기대고 깊은 잠에 떨어졌다.

얼마 후 그의 눈꺼풀이 엷게 떨리면서 깨어 있는 동안 활동을 억제하고 있던 또 하나의 그가 나룻배를 타고 갈릴레아 호수 한가운데로 나가 그물을 던졌다.

어느 순간 이상한 기운을 느껴 돌아보니 복부가 갈라 터져 피범벅이 된 가리옷 사람 J가 배 뒷전에 앉아 그를 지켜보고 있었다.

"아니, 저 배신자가 어떻게?"

영리하고 위악적인 표정이 특징인 J의 얼굴에 야릇한 미소가 스치며 날카로운 목소리가 날아왔다.

"아하! 형제여, 나도 스승이 선택한 사람이었던 걸 잊었는가?"

클클클. J가 기분 나쁜 웃음소리를 냈다. 새삼 분노가 불같이 되살아난 그는 벼락같이 달려들어 J의 갈라진 배에서 삐어져 나와 있던 내장을 잡아 끌어내 물에다 팽개쳤다. 그러자 강한 피비린내가 풍기면서 사방에서 엄청난 고기 떼가 몰려와 둥둥 뜬 그 장기들에 새까맣게 달라붙었다. 그는 이제 완전히 죽어 자빠져 빈 가죽부대처럼 널브러진 J의 시신을 마저 물속에 던져 넣고는 몰려든 고기 떼를 향해 그물을 던졌다.

듣도 보도 못한 대단한 풍어豐漁였다. 그러나 기쁜 것도 잠시, 숨이 끊어지는 순간 여한 없다는 듯 후련한 눈빛으로 하늘을 우러르던 J의 얼굴이 떠올라 마음이 몹시 어지러웠다.

삼경이 지나 광야로부터 소쇄한 바람이 불어와 성안의 꿈꾸는 이마들을 서늘하게 스쳤을 때, 그는 마침내 깨어나 다시 기도하기 시작했다. 이때의 그는 그득 찬 고깃배를 부리는 당당한 사도가 아니었다. 이제 그는 스승이 잡혀가던 날 새벽, 스승을 세 번 부인하고 나서 닭이 울자 땅에 엎어져 섧게 울던 그 나약한 사내였다.

골리앗은 죽지 않았다

골리앗이 다윗의 손에 어이없게 당하고 나자 필리스티아* 군대는 진을 쳤던 유다의 엘라 골짜기에서 쫓겨 퇴각했다. 본영으로 돌아온 그들은 전열을 가다듬기 위해 장수회의를 소집했다. 그런데 막상 회의를 열어 파악해 보니 아군의 전력은 예상했던 것보다 훨씬 더 무너져 있었다. 다윗의 승리로 기세등등해진 이스라엘군의 파죽지세 공격에 아군 병사들은 절반 이상 쓰러졌고 나머지 병사들도 혼비백산해 도망쳐 버린 자가 많아 실제로 남은 병력은 천 명 남짓이었다.

다윗을 앞세운 이스라엘 군대는 수만 명을 헤아리는데 더 이상 무슨 수로 대항한단 말인가! 차라리 군대를 해산시켜 각자 살 길을 찾아 나서도록 하는 게 낫지 않겠는가. 하지만 그렇게 되면 필리스티아 백성들은 값비싼 희생을 치르고 차지했던 유다 땅의 정착지에서 또 다시 밀려나 나라 없이 떠도는 유랑민으로 살게 되리라. 아, 신이시여. 가엾은 저희 백성을 버리려 하시나이까!

무력감에 빠진 장수들이 머리를 부여잡고 한숨만 내쉬고 있는데 막사를 지키던 보초병이 들어와 보고를 했다.

"골리앗의 아들이라 자칭하는 어린 소년이 마을에서 올라와 대장님들을 뵙고자 합니다. 다윗을 물리칠 묘책이 있으니 꼭 만나 뵈야 한다고 떼를 쓰는데 어떻게 할까요?"

골리앗 투사의 아들이라고? 장수들은 호기심이 일어 소년을 들이라 일렀다. 곧이어 막사 안으로 한 아이가 타박타박 걸어 들어와 장수들이 빙 둘러앉은 앞에 서더니 당돌한 시선으로 좌중을 둘러보았다. 소년은 이제 겨우 열두어 살이나 됐을까 싶은 홍안에 덩치도 골리앗의 핏줄로 봐줌직한 별다른 특징이 없는 보통 체격의 아이였다. 하지만 눈빛 하나만큼은 무쇠도 꿰뚫을 듯 날카롭고 강렬했다. 장수 하나가 가소롭다는 표정을 감추지 못한 채 물었다.

"그래, 아이야. 네가 지닌 묘책이란 게 무엇인고? 네 아비 골리앗이 어여쁜 아내 여럿을 두었다는 얘길 들은 적이 있는데 혹시 네 어미가 자신을 다윗에게 미끼로 내놓는 미인계라도 권하더냐?"

소년의 얼굴이 일순 굳어졌다. 그러나 곧 눈빛의 날을 세우며 침착하게 대꾸했다.

"저를 보내십시오. 제가 혼자 다윗의 진영에 숨어 들어가 다윗을 죽이겠습니다."

둘러앉은 장수들이 기가 막힌다는 듯 헛웃음을 치며 수군거렸다. 모두 막다른 골목에 이른 전황이 전황이니만큼 지푸라기라도 잡는 심정으로 잠시나마 철없는 어린애한테 덧없는 기대를 걸었던 게 민망할 따름이었다. 그래서 그들은 막사 밖의 병사를 불러 이 골리앗의 자식에게 군량미에서 볶은 밀 한 자루를 주어 집에 돌려보내라고 명했다. 그때 평소 골리앗과 남다른 친분이 있던 장수 하나가 병사에게 이끌려 억지로 퇴장당하는 아이 뒤를 따라 막사 밖으로 나갔다. 굴욕감으로 벌겋게 달아오른 얼굴로 흥분을 삭이지 못해 숨을 몰아쉬고 있는 소년을 딱하게 바라보던 장수는 병사에게 잠시 한 걸음 물러나 있으라고 명했다. 그러고선 소년의 어깨를 감싸며 말했다.

"골리앗의 아들아, 나는 네 복수심과 의분을 이해한다. 나한테만 살짝 네 감춰진 생각을 일러줄 수 있겠느냐?"

소년은 그제야 희미하게 미소 지으며 고개를 끄덕였다. 몸을 굽혀 소년의 입가에 귀를 갖다 댄 장수의 얼굴에 놀라움과 착잡함이 뒤엉킨 묘한 표정이 떠올랐다.

다윗이 사울의 뒤를 이어 이스라엘의 왕이 된 지 수십 년이 흘렀다.

그동안 다윗왕은 필리스티아, 모압, 아람, 에돔, 암몬 등 여러 유다 지방 주변 종족들을 하나하나 정복하여 이스라엘 영토를 확장하고 그 땅을 온전히 '주님의 백성'** 것으로 만들었다. 그는 막강한 군사력과 정치력을 뽐내는 유다 최강의 군주로, 그 권위에 이스라엘 백성뿐 아니라 주변국 백성 누구도 감히 도전할 생각을 못했다. 또한 수많은 전쟁을 치르면서 거두어들인 전리품으로 나라 살림도 그 어느 때보다 풍족하였다.

그러던 어느 날 다윗왕은 도읍인 예루살렘의 남서쪽 해안 지역에서 수상한 동향이 감지되고 있다는 지방 관리의 보고서를 받았다. 그의 마지막 정복전쟁 이후 시리아에서 이집트에 걸쳐 뿔뿔이 흩어져 유랑하던 필리스티아 사람들이 은밀히 다시 모여들고 있다는 소식이었다.

다윗은 필리스티아 공동체 재건을 원천봉쇄하겠다며 신하들의 만류에도 불구하고 몸소 군사를 이끌고 그 지방으로 내려갔다. 그가 곱이라 불리는 곳에 이르러 보니 과연 필리스티아 사람들이 모여 작은 마을을 이루고 살고 있었다. 다윗은 매복을 하였다가 야간 기습을 하여 그 마을 사람들을 남녀노소 가리지 않고 무참히 도륙한 후 예루살렘으로 돌아왔다.

그 후 어느 날 밤, 다윗은 혼곤한 잠에 곯아떨어졌다가 어느 순간 섬뜩한 기운을 느껴 눈을 번쩍 떴는데, 침대 위에 드리워진 휘장 너머로 소리 없이 움직이는 작은 그림자가 보였다. 그는 본능적으로 베개 밑의 비수를 집어 들었다. 곧이어 그림자가 바람처럼 날래게 침대로 다가왔다. 다윗은 그림자가 침대 발치의 촛대를 잡는 순간 벌떡 일어나 그 손목을 낚아챘다. 지난 몇 달간 다윗의 잔심부름을 해오던 시종 아이였다. 다윗은 진저리를 치며 외쳤다.

"너는 누구냐?"

"나는 갓 출신 투사 골리앗의 아들이다."

"그럼 네가 수십 년 전 날 죽이러 잠입했던 골리앗 아들과 형제 사이란 말이냐?"

"그는 당신 군대가 몇 달 전 곱에서 쳐 죽인 필리스티아 투사, 내 아버지의 형제다."

"네가 나를 해치고 살아 나갈 수 있을 것 같으냐?"

"나는 오늘 죽는다. 하지만 당신을 치러 오는 우리 골리앗 족속 사람들의 그림자는 사라지지 않을 것이다."

이 대화를 마지막으로 소년 골리앗은 촛대를 재빨리 걷어차서 넘어뜨렸다. 촛대의 불이 아이의 몸에 순식간에 옮아 붙는 걸 보자 다윗은 얼떨결에 손을 놓았다. 그 틈을 놓칠세라 화급히 달려드는 아이를 피해 다윗은 몸을 굴려 침대 밖으로 나동그라졌다. 아이의 옷 속 맨살에 발라 놓았을 피마자기름 냄새가 코를 찔렀다. 소년 골리앗의 장렬한 분신을 바라보는 다윗의 얼굴이 하얗게 질려 갔다. 수십 년 전 그 어떤 날 밤에도 야영하던 막사에 잠입한 한 소년이 활활 불타는 몸으로 그를 덮치려다 실패하고 혼자 숯덩이로 변해 가지 않았던가. 어째서 똑같은 광경이 지금 또 눈앞에서 벌어지고 있는지 그는 이해할 수 없었다.

연기 냄새를 맡고 궁내 호위병들이 들이닥치자 다윗왕은 넋 나간 얼굴로 자꾸 같은 말을 되뇌었다.

"거인 골리앗을 기름 부음 받은*** 자 다윗이 물리쳤노라."

---

* 지금의 팔레스타인. ** 하느님의 선택받은 백성, 즉 히브리 민족. *** 하느님이 선택한 백성의 영도자라는 표징.

바늘귀의 비밀을 안 낙타

방온 영감은 오늘도 아내와 자식들이 만들어 놓은 대나무 그릇들을 등짐해 메고 행상을 나섰다. 길을 가던 사람들이 심심찮게 그를 알아보고 먼저 다가와 한두 가지씩 물건을 사주었다.

한때 이름난 거부였던 그가 크게 깨달은 바 있어 살던 저택을 절에 내주고 나머지 재산은 또 다른 이의 집착을 불러일으킬까 우려하여 몽땅 호수에 가라앉힌 기인이라는 걸 알고들 있는 터였다.

오전 중에 물건을 반쯤 팔아 치운 그가 잠시 장터 그늘에 앉아 쉬고 있는데, 고급스런 비단옷을 입은 한 젊은이가 나타나 넙죽 절을 하더니 물었다.

"존경하는 거사님, 저는 요즈음 도무지 세상사가 다 허망하여 살고 싶은 마음이 없습니다. 거사님처럼 저도 가진 재산을 다 버리고 나면 삶의 행복을 알게 될까요?"

방온은 그의 등을 툭툭 치더니 대꾸했다.

"좋아, 좋아. 썩 괜찮은 생각을 했군. 헌데, 그러기 전에 이 그릇들을 마저 다 팔아 주면 안 되겠나? 오늘 마누라하고 애들한테 고기만두를 사가지고 일찍 들어가겠다고 약속했거든."

이어 어안이 벙벙해 있는 젊은이더러 귀 좀 빌리자고 하더니 목소리를 낮추어 덧붙였다.

"그리고 말이야, 재산을 처리할 데가 마땅치 않으면 골치 썩힐 것 없이 나한테 찾아오라구. 이제 난 재산이 좀 있어도 행복할 것 같단 말씀이야."

이도공간異度空間 1

"이게 다 꿈이었으면 좋으련만" 하고 노인이 중얼거린다.

어스름이 내린 창밖에는 사나운 짐승 같은 태풍이 몰아치고 있다.

"지금 와서 그렇게 말씀하시면 어떡해요?"

여자가 노인에게 눈을 흘기며, 업고 있던 갓난애를 돌려 안고 젖을 물린다.

"불가항력의 운명이야. 그눔이 살아 있을 줄 누가 알았겠니?"

거친 바람에 몹시도 삐걱거리던 문이 왈칵 열린다.

"누구냐?"

"누구예요?"

"……."

"아니, 할멈? 할멈 맞지?"

"아버님! 왜 그러세요? 예?"

노인이 맥없이 털썩 쓰러지자 여자가 그를 붙들고 흔든다.

그때 수염이 덥수룩한 남자가 문 안으로 성큼 들어선다.

"어머니, 저 왔어요! 제가 왔다구요. 헌데, 저 노인은 누구죠?"

여자가 몸을 일으키며 대답한다. 눈에 눈물이 그렁그렁하다.

"네 애비 아니냐, 이눔아. 애비도 몰라보다니, 쯧쯧… 아흐, 불쌍한 우리 영감, 자식 돌아온 것도 못 보고 가다니……."

"제 아버지라구요? 그럼 이 애는 누구……?"

여자는 갑자기 문 쪽으로 뒷걸음질을 치며 두 손을 싹싹 비벼댄다.

"여보, 죽을죄를 졌어요. 어머님이 돌아가시기 전에 제게 부탁을 하셨더랬어요. 어떻게든 핏줄을 이어야 한다고… 절대, 아버님이 먼저 원하신 건 아니에요."

문이 다시 벌컥 열리면서 여자는 바람 속으로 빨려나가듯 사라진다.

남자가 쫓아 나가며 외쳤다.

"어머니! 어머니이-!"

그때 방 안에서 쓰러져 있던 노인이 정신을 차린 듯 부스스 일어나 주위를 살피다가 마룻바닥에 팽개쳐진 채 울고 있는 아기를 들쳐 안는다.

"오냐, 오냐, 우리 아가. 아빠가 돌봐줄 테니 울지 마렴. 얘야, 뭐하는 거냐? 빨리 애 젖 주지 않고."

문 밖에서 뛰어오는 발짝 소리와 함께 여자 목소리가 들린다.

"예, 아버님. 곧 가요. 날씨가 여간 궂어야지, 원. 부엌에 비가 들이쳐 제사에 쓸 음식이 죄다 젖어 버렸으니 어쩐담……."

이어 문이 열리고 물에 흠뻑 젖은 아낙이 들어서며 노인에게 투덜댄다.

"영감, 우리 오늘 밥도 못 얻어먹게 생겼소. 아들이란 놈은 지 새끼 밥만 챙길 줄 알지, 부모 섬길 줄은 통 모르니……."

태풍 소멸 후 최대 피해 지역에서 관할 관청에 올린 피해 상황 보고 1항.

OO면 OO리 O번지. 산사태로 일가족 몰살.

무너진 집터에서 남자 시신 2구, 여자 시신 1구, 영아 생존자 1명 발견.

이도공간 2

무더운 여름 밤, 한 시골집 툇마루에서 벌어진 술자리가 깊어 가고 있다. 귀농한 지 몇 해 되는 그 집 여자의 텃밭에서 뽑은 푸성귀를 안주삼아 기울여진 소주병이 이미 세 병째 바닥을 보이고 있다. 어려운 틈을 내어 찾아온 오랜 친구의 권주에 못 이기는 척 여자가 홀짝거린 맥주 또한 세 병째이다. 병이 생겨 도시 생활을 접고 시골로 오고부터 왕년의 주량은 옛이야기가 되어 버린 터.

하지만 옛 벗과의 이 시간만큼은 젊은 날의 활달했던 자신으로 돌아가 보고 싶은 듯 여자는 호기롭게 술잔을 주고받는다.

자정이 가까워진 어느 시점, 친구가 새로 채워 준 맥주잔을 들어 단번에 쭉 들이킨 여자는 약간 충혈되고 물기 어린 눈을 들어 허공을 보며 말한다.

"그때 그 사람이 그렇게 갈 줄 알았더라면 내가 먼저 죽었을 거야. 사랑해선 안 될 사람들이 미치도록 사랑한다면 누가 하나 먼저 사라져야 사태가 수습되지. 죽는 사람이야 행복한 마음으로 그 사랑을 지니고 갈 테니 아쉬울 것도 없어."

"무슨 소리야, 네가 먼저 죽었을 거라니? 내가 먼저 죽지, 어떻게 네가 먼저? 너 행복한 꼴 내가 봤을 것 같아? 그 사람과 미치도록 사랑한 건 나야, 네가 아니고."

"너, 왜 이러니? 내가 병들었다고 우습게 보는 거니? 둘 다 죽여버리겠다고 협박해서 그 사람을 막다른 길로 몰아넣은 게 누군데? 그 사람이 죽을 작정을 한 건 그만큼 날 사랑했기 때문이야. 아… 여보, 당신 왔군요. 말해 봐요. 당신이 미치도록 사랑한 상대는 나지요? 그렇죠?"

소주병 바닥에 조금 남은 술이 잔에 마저 따라지며 굵직한 바리톤 음성이 대꾸한다.

"거 참, 다투지들 말아요. 이젠 둘 다 똑같이 사랑한댔잖아. 당신은 이쪽에서, 그 사람은 저쪽에서. 그럼 됐지, 안 그래? 오늘은 이렇게 당신과 사랑하러 왔구. 자, 자, 들어갑시다."

네, 하고 나붓한 콧소릴 내며 여자는 마지막 소주잔을 털어 마시고 자리에서 일어선다.

여자가 비틀거리며 방 안으로 들어가고 나자 어질러진 술상만이 덩그렇게 놓인 툇마루엔 괴괴한 정적이 늪 위의 이끼처럼 내려앉는다.

잠시 후 그 끈적한 고요를 비집고 남자도 여자도 아닌 중성적 음색의 신음 소리가 흘러나온다.

때마침 밤마실을 다녀왔는지 개 한 마리가 마당을 들어서다 말고 방 쪽을 향해 흰 이빨을 드러내며 그르렁댄다.

매실주 익는 시간

-술 칸타타 1-

사물을 느낌표와 말없음표로 받아들이던 시절이 있었다. 그래서 모든 것이 가능하지만 아무것도 확신할 수 없던 때이기도 했다. 진실은 무한한 다양성으로 열려 있기만 했지 이거다, 하고 마침표를 찍을 수 있는 게 없었다. 철학과 심리학과 생물학과 사회학을 공부했으나 그 마침표의 행방은 발아래 떨어질 듯 휘황한 꼬리를 그으며 날아오다 순식간에 사라지는 유성처럼 오히려 더 묘연해졌다. 희고 검고 노란 피부의 연인들을 한 다스쯤 겪어 보았으나 사랑도 주고받는 거래의 수고로움에 비해 소유하고 싶은 결과가 없었다.

그는 사무엘 애덤스를 병나발 불어 비우고 주머니에 남은 코스타리카산 대마초 부스러기를 톡톡 털어 말아 깊이 들이마신 후 항공사에 전화를 걸었다. 그리고 이튿날 아침 청바지 한 벌과 티셔츠 두 벌을 챙겨 벚꽃 휘날리는 보스턴의 상아탑을 떠났다.

사흘 뒤, 부여 외곽의 어느 산기슭에 별빛도 없는 깜깜한 밤길을 혼자서 걸어가는 젊은이가 있었다. 그가 산 중턱의 고찰에 당도했을 때 스님이 출타하고 없는 절을 홀로 지키고 있던 공양주 보살이 나와 맞았다. 꽤 늦은 시간이었지만 빈 방에 장작을 새로 지펴 군불을 넣고 밥상을 들여놔 주었다. 그가 공양을 마친 후 온기가 올라오기 시작한 방바닥에 나른해진 몸을 부리고 있노라니 방문이 열리면서 코끝에 번져드는 낯익은 향내에 가물가물하던 정신이 번쩍 들었다. 칠 년 전에 담은 매실주라네. 보살은 술 주전자와 잔만 들여놓고 문을 도로 닫았다. 말을 걸 새도 없이 자박자박 멀어지는 발걸음 소리가 들렸다. 그 말을 끝으로 보살의 입은 더 이상 열리지 않았다.

그러나 다음 날도 삼시 끼니와 저녁 술상은 거르지 않고 그의 방에 들여졌다. 매일 밤 그는 독작하며 삶을 단언할 마침표에 대해 생각했다. 닷새째 되던 날 어스름녘에 머리털과 수염 자국이 희끗희끗한 주지스님이 돌아왔다. 그날 저녁도 보살은 아무 말 없이 그의 방에 상을 차려 들였는데, 겸상이었다. 잠시 후 스님이 술 주전자를 들고 들어왔다.

"그래, 며칠 보았으니 가늠이 될 테지. 어미처럼 살 수 있겠는가?"

"모르겠습니다."

"그럴 테지. 자, 술이나 한 잔 하세."

"네."

"무슨 술인지 알지?"

"스님이 예전에 좋아하시던……."

"그래, 자네 어미는 칠 년 전 자네가 미국으로 떠날 때 이 술을 담갔지. 올 봄쯤 돌아올 것 같다더니 정말 왔구먼."

"네, 더 하고 싶은 게 없어졌습니다. 거기선."

"그렇구먼……. 허나 왔으니 또 가면 되네."

"네?"

"이젠 여기가 거기가 되잖았나."

"……."

"어서 비우고 한 잔 더 받게나. 올해는 벚꽃이 너무 빨리 져버렸어. 문 열고 밤 벚꽃 구경하며 마시는 정취가 괜찮은데 말이야…. 곧 또 모란이 마당을 환히 밝히게 되겠지. 그때까지 있을라나?"

"허락하시면 마침표를 찍고 싶습니다, 여기서."

"그래? 그럼, 그러시게나. 허허."

보살이 방 밖에서 기척을 냈다. 스님이 문을 열자 술 한 주전자를 더 들이며 말했다.

"스님, 이게 마지막입니다. 내일은 마실 사람이 없을 듯하여 마저 다 들입니다."

"그런가? 그럼 오늘 넉넉히 다 마셔 버리세. 허허."

밤이 깊어 문풍지에 어른거리던 나무 그림자마저 희미해질 때까지 그들은 술잔을 주고받았다. 그가 지난 칠 년간 몸담았던 세상에 대해 소상히 묻고 귀 기울이던 스님이 자리에서 일어섰다.

"잘 가게. 내일부터 난 딴 절에 일이 있어 좀 나가 있어야 하네. 내가 거길 가면 여기가 거기인 게야. 허허."

비칠 걸음으로 마당을 가로지르는 중늙은이 비구의 뒷모습을 지켜보며 그의 입술이 소리 없이 달싹였다.

'아버지…….'

이튿날 젊은이는 모란이 필 때쯤 돌아오겠다며 스님을 따라 나갔다. 하지만 그는 모란이 다 지도록 돌아오지 않았다. 절 마당에서 배롱나무들이 희고 붉은 폭죽을 터뜨리기 시작할 무렵 인도에서 그의 필체로 수신자 주소만 적힌 그림엽서가 하나 날아들었다. 보살은 그 봄에 수확한 매실로 담근 술을 걸러서 큰 독과 작은 독에 나눠 넣고 단단히 아가리를 봉한 뒤 작은 독은 광 깊숙이 숨겨 두었다.

누유漏油의 계절

-술칸타타 2-

"지름이 새능구라고라……."

들판 한가운데서 불쑥 나타나 우리가 처한 상황을 이 한마디로 진단하고 사라진 중년 사내는 돌아오지 않았다. 그가 언질을 준 이삼십 분에서 한 시간이나 더 지난 터였다. 길가 한쪽에 삐딱하게 세워진 그의 낡은 경운기는 충실한 호위병처럼 우리 차를 지켜보고 있었다. 이대로 마냥 기다리기엔 긴 여름해가 떨궈 놓은 잔광도 생선 가시처럼 성겨져 노숙의 가능성을 고려해야 할 판이었다.

에어컨을 가동시킬 수 없는 차 안보다 차라리 손바닥만 한 그늘이나마 드리운 어린 감나무 아래가 낫다고 판단했던 우리는 길바닥에 퍼질러 앉은 채 주체할 수 없이 땀을 흘리고 있었다. 유난히 더위를 타는 남편은 흠뻑 젖어 달라붙은 셔츠 위로 불거진 뱃살이 연신

오르내리는 걸로 보아 숨쉬기조차 거북한 듯 보였다. 한 달 전 낭자한 핏물로 사라진 아이가 그의 뱃속으로 들어가 다시 둥지를 튼 것 같은 환영이 순간 스쳤다. 부르르 진저리를 치는 나를 일별하고 남편이 엉거주춤 일어서며 말했다.

"읍내 방향으로 가보자, 더 늦기 전에. 못 다 가더라도 중간에 인가가 나오면 민박이라도 할 수 있겠지 뭐."

가로등조차 없는 그 깜깜한 지방도엔 희한하게도 지나다니는 차는커녕 들짐승의 기척조차 감감했다. 남편도 그 아득한 어둠이 답답한지 평소보다 담배를 더 자주 피워 물었다. 때마다 내 눈도 하릴없이 그의 담뱃불을 좇았다. 담뱃불은 한 마리 반딧불이처럼 공중을 수차례 선회하다 길바닥에 내동댕이쳐져 잠시 가물거리다 사라졌다. 아이도 저렇게 사라진 것이다. 수만 광년 너머에서 생겨났다 이미 연소된 후 찾아온 별빛처럼 한 찰나 스쳤다가 가뭇없이 사라진…….

얼마를 걸었을까, 종아리가 후들거렸다. 나는 털퍼덕 주저앉았다. 잊자고, 다 잊고 새로 시작하자고 떠나온 여행인데 왜 이리 가라앉는 걸까? 아직 우리는 젊지 않은가? 명치끝에 아리고 시큰한 기운이 스멀스멀 고여 들었다. 상하의가 다 군청색이라 뒷모습으론 윤곽조차 묻혀 버리는 남편이 걸음을 멈추고 공중에 희부윰한 얼굴을 띄웠다. 이토록 끈끈한 어둠 속에서 나 또한 그의 눈에 그저 한 덩어리의 모호한 체적물에 불과할 터였다. 공중에 뜬 그의 눈이 야행성 동물의 그것처럼 번뜩였다. "왜… 힘들어?" 갈라진 그의 목소리에 묻은 습기가 그 번뜩임의 정체를 말해 주었다. 내 안에 북받치게 고였던 것이

터져나왔다. 격렬한 마지막 발길질로 제 존재를 알리던 아이의 필사적인 진동이 아랫배에 생생한 통증으로 되살아났다. 나는 아랫배를 끌어안고 진땀을 흘리며 그것을 꺼억꺼억 토해냈다. 한참을 우두커니 바라보던 남편이 곁으로 다가와 어깨에 손을 얹었다.

"정말 미안해……. 당신이 위험해질 수 있다는 말에 다른 아무 것도 생각할 수 없었어. 아이도 그걸 알고 있었던 것 같아. 혼절한 당신을 병원에 데려갔을 때 그 앤 이미 태어나기를 포기한 상태처럼 보였거든."

낯선 섬, 낯선 어둠 속에서 한 여자와 한 남자가 땀과 눈물에 범벅된 채 어깨를 맞대고 길바닥에 널브러졌다. 멀리서 희미한 불빛과 함께 털털털 둔탁한 기계음을 울리며 뭔가가 다가오고 있었다.

"오늘은 글러부렀소. 오일 가스켓인지 뭐인지를 때울라믄 장비가 있어야 한다능만."

경운기를 몰고 우리를 기어코 찾아온 사내는 술 취한 자기 동생이 내일 아침 깨는 대로 읍내 정비소에서 장비를 가져다가 차를 고쳐주게 하겠다며 제 집에서 하룻밤 묵을 것을 권했다. 어차피 이리 걸어서 읍내까지 가려면 지금 온 것만큼 더 가야 한다는 사내의 말에 우리는 잠시 망설이다 그의 경운기에 올라탔다.

"생각 잘 혔소. 차건 사람이건 아무리 급혀도 고칠 건 고치고서 움직여야 한당게. 차도 지름이 다 새부렀고, 사람도 보아허니 더위에 지쳐 '엔꼬'가 돼부렀능갑소이. 자, 급한 대로 이거루다 지름을 잠 쳐 보실랑가? 아까 동네 들어갔다가 초상 난 집서 얻어 온 거인디…."

사내가 뒤돌아보며 던져주는 페트병을 엉겁결에 받아든 남편의 얼굴에 희미한 미소가 어렸다. 어둠 속에서 성분과 빛깔을 분간할 길 없는 그 술은 꽤나 독했다. 몸 전체에 홧홧한 기운이 빠르게 번졌다. 우리가 번갈아 홀짝거린 토속주에 시나브로 취해 가는 동안 사내는 묵묵히 경운기를 몰았다. 비몽사몽간에 걸걸한 목청이 뽑아내는 노랫가락을 들은 듯했다.

"등전을 가세, 등전을 가세, 하-느님 전으 등전을 가세~"

잠시 졸았는가 싶어 머리를 흔들어 정신을 차리고 보니 옹기종기 한옥들이 들어선 동네 입구였다. 어느 한 집 마당이 환히 밝혀져 있고 거기서 중늙은이 몇 명이 둘러앉아 목을 풀고 있었다. 사내는 경운기를 멈추며 말했다.

"자, 따라오소. 기왕 우리 동네에 왔응게 예를 쪼까 올리시게라."

남편과 나는 뭣에 홀린 듯 그 집으로 들어섰다. 대청에 마련된 아담한 영단 위에는 촛대와 향로 뒤로 영정인 듯 보이는 사진이 놓여 있었다. 놀랍게도 사진은 눈도 안 뗀 갓난아기의 것이었다.

"젊은 사람은 늙지를 말고, 늙은 사람은 죽지를 마세~"

이어지는 촌로들의 구성진 만가輓歌 사이로 애잔한 아기 울음소리가 떠다니는 듯했다. 남편이 무릎을 꿇고 고개를 꺾었다. 그 뒤에서 합장 자세를 취하고 섰던 나는 이내 다리에 힘이 풀려 주저앉았다. 어디선지 한 줄기 물바람이 불어와 목덜미를 서늘하게 훑었다. 그 새 촌로들과 어울려 술 주발을 돌리던 경운기 사내가 불콰해진 목청을 돋우어 후렴을 선창했다.

"등전을 가세, 등전을 가세, 하-느님 전으 등전을 가세~"

포장마차 속의 세 그림자

- 술칸타타 3 -

세 사나이가 있었다. 이들은 하는 일이나 살아온 인생역정이 판이하게 달라 얼핏 보기엔 왜들 친하게 지내는지 잘 이해하기 어려웠지만, 하여튼 셋은 틈만 나면 어울려서 호형호제하며 우애를 나눴다.

세 사람 중 제일 연장자인 C는 젊었을 적에 덴마크 유학을 다녀온 농촌운동가로 패기 넘치는 활약을 펼치던 삼십대 초반에 교통사고로 전신화상을 입고 구사일생으로 살아났다. 하지만 그는 처참하게 망가진 외모와 신체의 불구화에 굴하지 않고 평생 대안교육과 사회복지운동에 헌신하다 고희연을 치르기 바쁘게 하늘나라로 떠났다. 두 번째로 형인 N은 실리콘 부품을 만드는 회사를 경영하는 기업인으로 끊이지 않는 산업현장의 문제들에 촉각을 곤두세워야 하는 처지임에도 65세를 일기로 타계하기까지 몇몇 복지단체를 한결같이

후원하고 운영상의 뒷감당을 자임했던 사람이다. 제일 연하인 K는 두 형들에 앞서 갓 쉰에 생을 마감했다. 외부에서 보기에 그는 30대 중반 이후로 직업을 가지지 않은 '백수'였다. 그러나 아는 사람만 아는 그의 내적 현실은 십수 년 면벽참선하는 불승의 그것과도 같이 치열하고 진지한 수행의 길이었다. 수천 권의 책을 통독하고 난 후 좌선과 명상에 몰두해 침식을 잊고 지내기도 했던 기인이었다.

이렇게 살아가는 방식이 제각각이었던 세 사람이었지만 몇 가지 공통점이 있었다.

그 하나는 세상의 명리나 권세에 대한 욕심을 벗었다는 점이다. 각기 대단히 명석한 두뇌를 타고난 이들이지만 세속적 욕심이 없었기에 사람들 눈에 좀 멍청해 보일 정도로 사회적 이해타산에 서툴다는 것 또한 닮은 점이었다. 그래서 그들은 한 장애인 복지단체의 공동 후견인으로 이십 년 가까이 활동하는 중에 서로 배짱이 맞았고, 이것이 그들의 또 다른 공통점을 강화시키는 역할을 했다. 세 사람은 모두 예수 신앙을 가진 이들로 그의 첫 기적이 가나의 혼인잔치에서 물을 술로 바꾼 것이라는 성서적 사실을 깊이 새겨, 만나기만 하면 늘 '앉은 자리가 술자리' 되게 하는 주당 본분에 충실했다.

혈연, 비혈연을 떠나 그들의 영원한 막내 누이로서 이따금 그들의 술자리에 끼어 모종의 기쁨조 역할을 감당하곤 했던 그녀는 세 사람 모두와 마지막으로 함께했던 어느 늦가을 밤을 잊지 못한다.

한적한 뒷골목 포장마차에서 3차 술을 마실 때였다. 그날따라 낮부터 머리가 계속 묵지근해 잠시 자리에서 빠져나온 그녀는 바깥 공기를 쐬며 심호흡을 하다가 포장마차에 비친 세 사람의 그림자를 보았다. 깜깜한 사위 속에 주황색 불빛으로 밝혀진 포장마차는 마치 불시착한 외계인의 우주선처럼 보였고 그 속에서 어깨를 맞대고 있는 세 남자의 그림자는 지구에 속하지 않는 이상한 생명체들처럼 낯설게 보였다. 아마도 술자리를 마무리할 때쯤 습관처럼 합창하는 '어메이징 그레이스'를 부르고 있는 듯했다. 어떤 환영과도 같은 그 장면은 그녀 안에서 순간적으로 아뜩한 예감을 일으켰다. 아, 저이들은 곧 자기 본향으로 돌아가겠구나! 그것은 너무도 생생한 느낌이어서 그녀는 자기도 모르게 와락 눈물이 쏟아졌다. 감정을 수습하느라 한참을 더 밖에서 서성이던 그녀가 마침내 포장마차 속으로 돌아갔을 때 세 사람은 '다 이루었다'는 표정으로 마지막 술잔을 뒤집고 있었다.

그날 밤의 환영이 계시이기라도 한 듯, 이후 십 년 사이 세 사람은 앞서거니 뒤서거니 그녀 곁을 떠나갔다.

낙엽귀근落葉歸根의 계절이 돌아왔다.

이맘때쯤 그녀는 밤길을 가다가 포장마차를 보게 되면 그냥 지나치지 못하고 한참을 기웃거리는 습관이 생겼다. 세 영혼의 그림자를 찾아서…….

성탄 전야

-술칸타타 4-

그 시절엔 참 눈이 푸지게도 내렸었지.

막순은 싸락눈이 흩날리고 있는 창밖을 내다보며 중얼거렸다. 아침부터 설렘 속에 기다리고 기다려 온 손님 맞을 기대에 마음만 공연히 부산스럽게 건넌방과 안방 사이를 수없이 오갔을 뿐 그녀가 할 수 있는 일은 사실상 없다. 그녀가 하지 못하는 일들을 하기 위해서 사돈댁이 필요한 사람들을 데리고 와 있으니 걱정할 것도 없으나 근래 들어 오늘처럼 관절염으로 망가진 무릎이 원망스러운 적은 없었다.

잘하면 화이트 크리스마스가 될 거라고 하던데, 저녁답엔 눈발이 더 굵어지려나? 어째 날짜를 맞춰도 이렇게 희한하게 맞출 수가 있다냐? 아이구, 아부지…… 하늘에서 술밥하고 누룩 좀 보내주시라요. 잔치 할 일 생겼잖소까.

어릴 적 성탄 일주일 전쯤 어머니는 아버지 양조장에서 술밥 받아오는 심부름을 꼭 막순에게 시켰었다. 고향에서 제법 큰 소주 공장을 하던 아버지는 잔치 할 일이 생기면 꼭 집에서 막걸리를 따로 만들게 했다. 팔남매 중 딸이 여섯에다 아내와 노모에 장모까지 모시고 사는 처지여서 여자의 입이 절대 다수를 차지하는 살림살이였다. 여자들에겐 소주보다 순한 막걸리가 제격이라 생각하여 어린 딸들에게도 코흘리개 적부터 맛 들여 놓은 터여서 막순은 양조장으로 가는 걸음이 신바람으로 우쭐거리곤 했다.

성탄 전야에는 어른들을 제외한 식구 모두가 독일인 신부가 라틴어로 집전하는 자정 미사에 참여하기 위해 오릿길을 걸어 성당에 갔다. 막순네 남매들이 모두 천주교 수도회에서 운영하는 학교에 다녔기 때문이었다. 미사 중에 신부가 알아들을 수 없는 주문을 외며 포도주를 마시는 순서가 되면 벌써 입 안에 침이 고이면서 집에서 기다리고 있을 뽀얀 막걸리가 눈앞에 삼삼하게 그려지곤 했다.

막순은 그때 언니, 오빠, 동생들과 집으로 돌아오던 밤길이 어째서늘 쌀가루 같은 눈발에서 시작하여 집에 가까워질수록 함박눈으로 변하여 환한 은빛 천지가 되곤 했는지, 돌이켜 생각해도 알 수가 없다. 모두 눈사람이 되어 대문 안을 들어서면 대청마루에 화로와 술단지를 놓고 둘러앉은 어른들이 이미 얼근해진 낯빛으로 맞아 주었다. 어서들 와서 한 잔씩 뜨거라! 술이 자알 익었다, 하고 반가운 권주령이 내리기 바쁘게 아이들이 와아! 하고 눈을 털 새도 없이 달려 들어가던 그 시간, 성탄 전야의 행복한 막걸리 잔치를 어찌 잊으리.

하지만 이제 그 모든 게 한날 추억이 되었다. 막순은 제 몸 하나

마음대로 움직일 수 없는 처지가 되어, 돌아간 영감이 그렇게 좋아했고 아들이 대를 이어 환장을 하던 그녀만의 고향 막걸리를 만들지 못하게 되었다. 게다가 며느리는 술이라면 백해무익한 물건으로 아는 보수 기독교인 집안에서 성장한 터라 술 담그는 법을 가르쳐 볼 생각일랑 일찌감치 접어야 했다.

그래도 신체 건강하고 정신이 건전하여 매사 자연주의 생활관을 내세우더니 아이도 집에서 낳기로 작정하고 오늘 새벽부터 시작된 산통을 이를 악물고 버티는지라 사돈댁이 혀를 차며 조산원을 데려다가 곁을 지키게 되었다.

예수님과 같은 날 태어날 내 손주는 어떤 아이일까? 눈발이 조금씩 굵어지고 있었다. 막순은 엉덩이를 밀어 앉은걸음으로 살살 움직여 부엌으로 가서 아침에 아들을 시켜 사온 미역을 꺼냈다. 수납장 서랍 모서리를 잡고 간신히 일어서서 싱크대로 다가간 그녀는 바가지에 물을 받아 미역을 담가 놓고는 금세 다시 주저앉았다. 미역국이라도 내 손으로 끓여 주고 싶은데……. 이 무릎이 이제 끝장났나 보다. 잠깐을 못 버티네. 막순은 한숨을 내쉰다. 오래 살았어. 갈 때도 됐지. 어린애가 생기면 아들 며느리가 나까지 돌보기가 너무 힘에 부칠 거야. 수녀원에서 하는 양로원으로 가야겠어, 아무래도.

막순이 어느새 축축해진 눈가를 누가 볼까 얼른 소매로 훔치고 다시 자기 방으로 엉덩이를 밀며 가는데 아아악, 하는 며느리의 비명에 이어 어기찬 어린애 울음소리가 안방에서 터져 나왔다. 사람들의 환호 소리가 들리고 좀 있다 아들이 방에서 튀어나왔다. 엄마, 아들이야. 나 아빠 됐어. 엄마는 할머니 됐고……. 아들은 막순을 뒤에서 끌어

안으며 감격에 겨워 말을 잇지 못했다. 마흔 넘어 본 외아들이 마흔 넘어 첫아이를 본 것이다!

아들은 벌떡 일어나 어미에게 큰절을 올렸다. 그리곤 언제 준비해 뒀는지 냉장고에서 막걸리 병을 꺼내 막순과 자신에게 각기 한 사발씩 찰찰 넘치게 따랐다. 엄마, 아니, 어머니…… 이젠 며느리한테 술 담그는 법도 가르치세요. 그래야 우리 아들도 할머니 술이 얼마나 멋진 건지 알게 될 테지. 자, 이건 나한테 어머니가 돼주셔서 고맙다는 건배 한 번, 또 이건 우리 아들한테 할머니가 돼주셔서 고맙다는 건배 한 번…. 아들은 자기 잔을 막순의 잔에 두 번 부딪히고 쭈욱 들이켰다. 막순은 한 모금 마신 후 자기 잔을 아들에게 내주며 마저 들이키라는 시늉을 했다. 엄마 예전처럼 술 못 한다, 이젠. 그래도 네 새끼 위해서 술 담그는 법은 색시한테 가르쳐 주마. 이제 난 세상에서 더 바랄 게 없구나. 자, 내 손자를 보러 가야겠다. 먼저 건너가 있거라.

어디선가 멀리서 캐럴 소리가 들려왔다. 빠르게 어둠이 짙어 가는 창밖에선 여전히 뽀얀 밥뭉치 같은 눈이 숭북숭북 떨어지고 있었다. 벅찬 가슴을 안고 그것을 바라보는 막순의 코끝에서 어릴 적 어머니가 아버지의 술밥으로 만들어 주던 막걸리 향이 아련히 피어올랐다. 그녀가 기억하는 그 술맛을 기억하게 될 귀한 아이가 태어난 성탄 전야였다.

진눈깨비

진눈깨비

빗방울이 후두둑 떨어졌다.

남자는 우산을 가지러 들어갈까 어쩔까 잠시 망설였다.

손을 찔러 넣은 재킷 주머니에서 담배가 만져졌다.

첫 모금을 내뿜었을 때 다른 쪽 주머니에서 진동이 전해졌다.

오고 있어? 눈 그치기 전에 빨리 가서 타야지.

눈 와? 여긴 비 오는데?

아니… 아직은 비야, 여기도. 하지만 곧 눈으로 바뀔 거랬어, 라디오서.

알았어. 십오 분 뒤에 원효대교 옆 선착장에서 만나.

남자는 빨갛게 타고 있는 담배를 비에 젖은 길바닥에 던졌다.

재킷의 후드를 뒤집어쓴 채 걸으며 남자는 중얼거렸다.

거기 도착했을 때도 비가 오면 어쩌려고…… .

눈 내리는 강에서 배를 타고 싶다고 여자가 전화해 왔을 때 남자는 사실대로 말했어야 했다.
그만 만나자고. 곧 다른 데로 발령 날 거 같다고. 서로를 위해 좋은 기회라고.
남자는 이마 위로 들이치는 빗방울을 훑어 내며 걸음을 재촉했다.
흩뿌리는 비를 뚫고 강변도로를 질주하는 차량들의 바퀴가 내는 소란스런 파찰음이 남자에게 파장 무대의 박수처럼 들렸다.

여자는 검은 물방울무늬 우산을 쓰고 유람선 선착장 앞에서 서성이고 있다.
생각보다 일찍 도착해 여의도-잠실 간 표를 두 장 사고도 시간이 남아 매표소 옆 자판기에서 블랙커피를 한 잔 뽑아 들었다.
마포대교와 원효대교 사이 어디쯤에서 모습을 드러낼 남자의 실루엣을 찾아보다가 비 때문에 차를 몰고 오기가 싫다는 생각에 강 쪽으로 시선을 돌린다.
빗방울이 강물에 실로폰을 두드리듯 가볍게 튕겨졌다 사라지는 것이 경쾌하고도 허망했다.
매일 지나다니면서 자전거 한번 같이 못 타 봤네…… .
여자는 커피를 홀짝거리며 후회했다.
오늘은 어디서 만나는 게 좋겠냐고 남자가 물었을 때 그냥 진심을 말했어야 했다.
긴 여행을 떠날 거라고. 서로 정리할 시간을 가지자고. 이대로는 피차 너무 힘들다고.

빗방울이 굵어지는가 싶더니 시야가 부옇게 흐려졌다.
여자가 설핏 눈가를 훔치며 도로 쪽으로 돌아섰다.
도로와 강 둔치 사이 개나리 울타리에 박힌 노란 별들이 일제히 달려들어 여자의 눈을 시리게 했다.

남자와 여자는 천지를 분간할 수 없이 무겁게 쏟아지는 진눈깨비를 바라보며 앉아 있다.
흐르는 강물과 만나는 순간 흔적 없이 사라질, 물도 얼음도 아닌 그것의 어지러운 춤사위에 붙들려 그들은 여전히 망설이고 있다.
비도 눈도 아닌 그것처럼 그들의 사랑은 이인승 자전거를 타보지도, 배를 타고 떠나지도 못했다.
진눈깨비 쏟아지는 늦은 오후, 적막한 강변 카페에서 한 여자와 한 남자가 말없이 맥주를 마시고 있다.

그대 곁에 영원히

나는 다이아몬드입니다.

나를 우아하게 세팅한 백금 반지 속에 박아 넣고 다니는 젊은 여자는 세상에서 가장 부유하고 아름답다는 나라 중의 하나, 스위스에서 살고 있습니다. 여자의 어머니는 40년 전쯤 동양의 작은 나라 한국에서 서독으로 간호사로 취업해 왔다가 스위스 남자를 만나 결혼한 후 죽을 때까지 쭉 이곳에서 살았다고 합니다.

여자는 주변 사람들에게 말하곤 했습니다. 우리 어머니 이름은 '주옥'이었어요. 동양에서는 아주 귀하고 보배로운 것을 묘사할 때 '주옥같다'는 표현을 쓴다는 얘길 들은 적이 있어요. 아마 그 얘기가 여자의 무의식에 강하게 작용하여 내가 만들어지게 된 건지도 모릅니다. 주옥이란 이름을 지녔던 어머니를 진짜 보석으로 만들어 몸에 지니는 것보다 더 주옥같은 일이 어디 있겠습니까.

사실 나를 만들어내기로 결정한 직접적인 동기는 따로 있다는 것을 눈치채긴 했습니다. 여자의 어머니 사망 1주기 즈음에 여자의 형제들이 모였을 때 그들이 나누는 대화에서 좀 이상한 낌새를 채게 된 나는 내 몸의 예각들이 더욱 날카롭게 곤두서며 차갑게 얼어붙는 듯한 느낌을 받았습니다. 하지만 제아무리 다이아몬드라 해도 한낱 광물에 불과한 존재가 인간에게 무슨 저항을 할 수 있겠습니까. 결정적인 감을 잡은 것은 여자의 오빠와 남동생이 서로를 원망하는 듯한 언쟁을 시작했을 때였습니다.

"형이 그때 휴가 포기하고 곧장 왔더라면 어머니를 꼭 화장할 필요는 없었잖아."

"너라면 그럴 수 있었겠냐? 비행기랑 숙박지랑 미리 다 예약하고, 그쪽 친구들하고 1년 전부터 약속했던 건데."

"누나하고 난 외국에 있었잖아. 브라질에선 연락 받자마자 떠나도 꼬박 이틀 걸렸어. 와 보니까 이미 부패하기 시작했던데, 뭘."

"아버지 돌아가셨을 때도 휴가에 걸린 건 마찬가지였어. 그때도 우리 셋 다 휴가 갔지만 어머니가 곁에 계셔서 괜찮았지. 그동안 냉동 안치해 놓았으니 다녀와서 장례 치러도 문제 없었잖아."

이때 여자가 득의만면한 표정으로 두 남자를 향해 내가 얹힌 오른손을 불쑥 내밀어 보이며 말했습니다.

"그러니까 오빠나 막내도 나처럼 유골 다이아몬드를 만들어 늘 몸에 지니고 다녀. 그럼 늘 어머니를 모시고 있는 것 같아 마음에 위로가 되거든. 우리 셋 다 어머니 유골 가루를 똑같이 나눠 가졌으니 각자 3부 정도의 다이어몬드는 만들 수 있을 거야. 유골에서 추출한 탄소든 땅속 깊이 묻혀 있던 탄소든 다이아몬드가 되는 과정은 똑같아. 단순해. 가열과 압축, 그거라구. 우리 어머니가 지금 같은 첨단과학의 시대에 살다 가셨다는 건 정말 멋진 얘기야. 이렇게 보석으로 부활해서 자식들 곁에 영원히 계실 수 있다니……."

두 형제 중 동생이 누이의 반지를 부러운 눈길로 바라보더니 한숨을 쉬었습니다.

"그래, 나도 얼마 전까지 누나처럼 해볼까도 생각했었어. 그런데 나 요즘 재정이 좀 빠듯하거든. 그게 뭐 미국 회사에다 의뢰하면 캐럿당 만 달러쯤 한다면서? 지금 내 형편으론 무리야."

잠시 뭔가 생각하는 표정이던 만형이 부드러운 미소를 띠고 동생에게 말했습니다.

"좋아, 이 형이 네 몫까지 만들어 주마. 내가 어머니 임종시 곁을 못 지켜 오늘 같은 날 찾아갈 묘소도 없게 된 데 대한 책임을 지겠어. 어차피 납골당 마련하는 것도 이제껏 미뤄 왔으니 거기 들일 돈으로 아예 유골 다이아몬드를 만들자구. 어머니를 당신 이름처럼 주옥같은 보석으로 재생시키는 거야!"

삼남매는 의기투합하여 화기애애한 분위기 속에 고급 포도주로 건배하며 되찾은 가족애를 자축했습니다. 나는 희희낙락한 그들을 지켜보면서 나와 똑같은 재료로 만들어진 또 다른 '나'들이 탄생할 것에 기대보다는 두려움을 느끼는 자신을 의식하는 한편, 그 다른 '나'들이 지금 나와 같은 의식과 감정을 똑같이 가질 것인지 자못 궁금했습니다. 그리고 그들이 나처럼 어느 순간부턴가 그 삼남매를 향해

까닭 모를 연민의 정을 느끼게 될 것인지도 궁금했습니다.

어쩌면 이런 나는 나의 원재료인 주옥 여인이 살았던 삶과 전혀 무관한, 광물적이기만 한 존재가 아닌지도 모르겠습니다.

진통제

한 주간 내내 밤잠도 제대로 못 자고 극심한 통증에 시달리던 Z씨는 결단을 내려 신경정신과를 찾았다. 약도 이것저것 써보고 침도 맞고 지압도 받는 등 양·한방을 두루 거칠 만큼 거친 뒤였다. 명색이 작가라고, 그는 뇌 기능이 거의 정지된 것 같은 상태에서나마 자신이 겪고 있는 고통을 이렇게 표현했다.

"누가 내 뇌 바가지 안을 원고지로 도배해 놓고 철필로 콱콱 찍어가며 뭔가를 끊임없이 써대는 것 같습니다. 하루에 아마 100매 분량은 족히 될 정도로 말이죠. 대체 이게 무슨 병입니까?"

나이가 지긋하고 임상 경험이 많아 보이는 의사는 기록 차트에서 보았는지 흥미롭다는 눈빛을 하고 되물었다.

"소설가시라고요. 어떤 종류의 소설을 쓰시나요?"

"아, 예. 뭐 선생님 같은 분이 아실 만큼 이름 있는 작가는 아니고…… 또 내로랄 만한 책 쓴 것도 별로 없습니다. 그저 단편집 두어 권 낸 후로는 팔리지도 않을 소설 써봤자라는 생각 때문에 손 놓은 지 반년도 넘었습니다."

"그래도 작품 성향이랄까, 뭐 그런 게 있지 않습니까?"

"한창 쓸 때는 남들이 그러대요. 철학성이 짙다고. 하이고, 철학성이고 뭐고 이젠 다 귀찮습니다. 글 안 쓰고 요즘처럼 영업직이나마 발로 뛰어 먹고 사는 일이 훨씬 맘 편하고 좋은데 난데없이 왜 이리 두통이 나는 겁니까?"

"실존의 관성이라는 게 작용할 수 있습니다. 자기 살던 방식을 고수하고자 하는 잠재적 근성 같은 거 말이죠. 좋습니다. 어쨌든 증상은 증상이니까. 처방해 드리는 약을 며칠 써 보시고, 그래도 나아지지 않으면 다시 오십시오."

Z씨는 진료실에서 나와 간호사가 건네주는 처방전을 받아들고 병원 밖으로 나왔다. 골통은 여전히 전기침으로 찌르는 듯 쑤셔댔고, 거리는 바삐 다니는 행인들과 차량의 물결로 속절없이 붐벼댔다. 그는 간호사가 일러준 약국 이름이 좀 의아하게 생각되었으나 시킨 대로 병원 건물 지하로 내려가 약국 '쉼터'를 찾았다.

헌데 지하 일층 전체를 둘러보아도 약국은 보이지 않았다. 마침 지나가는 사람이 있어 물어 보니 약국은 모르겠으나 그런 이름의 만화가게는 있다며 손을 들어 한 곳을 가리켰다. 무슨 영문인지 모르겠는 가운데 엉거주춤 그곳으로 들어서는 그에게 주인인 듯 보이는 젊은 사내가 말했다.

"아저씨, 병원에서 보내서 오셨죠? 처방전 이리 주고 잠시 앉아 기다리세요. 삼 일분 다 가져가시려면 꽤 무거우실 텐데, 차 가져오셨어요?"

다음 날 Z씨는 신경정신과가 있는 그 건물에 다시 들어섰다. 하지만 그는 삼층에 있는 병원으로 가는 대신 지하 일층 '쉼터'로 곧장 내려갔다.

"어제 가져간 거 비슷한 거 또 없소? 그거 아주 재밌더라구. 술하고 고기 좋아하는 적토마가 나오질 않나, 발상이 제법 참신해. 그거 보는 동안엔 두통이 씻은 듯이 사라지더라니까. 밤새고 볼라니 눈이 좀 아프긴 하지만, 골 아픈 거보다야 아, 백 배 낫지. 이번엔 한 열흘 분 주슈. 내일부터 삼일 연휴 들어가니까. 그럼 이, 삼십 권짜리 시리즈 셋은 가져가야 되겠지?"

변사

오래전 무성영화 시대에 나언팔이란 변사가 있었다. 카멜레온처럼 자유자재로 목소리를 변화시켜 가며 실감나게 전개하는 그의 능란한 내레이션 솜씨는 지방 소도시 극장에서 무명 변사로 썩기엔 정말 아까울 정도였다.

그런데 언팔씨에겐 한 가지 약점이 있었다. 그의 국졸에 그친 학력, 다시 말해 가방끈이 짧다는 게 좀 문제였다. 외국어를 배운 적이 없는 언팔씨는 영화에 나오는 외국 이름들이 도무지 익숙해지질 않았다. 밤새워 연습을 하고도 그놈의 서양 이름만 나오면 별안간 이야기의 맥을 놓쳐 버리고 허둥대는 상황이 왕왕 벌어졌다.

그러나 언팔씨가 누구인가. 입심과 눈썰미와 변죽 하나로 은막의 스피커로서 배우 못지않은 자부심을 키워 온 사람이 아니던가. 언팔씨는 곧 자신의 외국어 콤플렉스에 효과적으로 대처하는 방법을 궁리해 내 그 도시 으뜸 변사의 자리를 견고히 지켰다. 헌데 그 방법이란 것이 일종의 기술적인 얼버무림과 다르지 않았음에도 불구하고, 언팔씨는 바로 그것 덕분에 한국 영화 야사에 길이 회자되는 변사가 되었다.

예를 들면 이런 식이었다. 언젠가 〈애정의 변주곡〉이란 미국 영화가 절찬리에 상영되었던 적이 있다. 그 영화는, 어느 부유한 독신남이 파리에 가서 여러 여자들과 화려한 애정 행각을 벌이다가 결국엔 별로 예쁘지도 않고 답답하리만치 순진하기만 한 자기 여비서에게 진정한 사랑을 느껴 구혼하게 된다는, 그렇고 그런 멜로물이었다. 언팔씨는 그 영화의 도입부를 이렇게 열었다.

"아아, 이곳은 안개 자욱한 런던의 빠리, 아니 스위스의 빠리, 아니 이태리의 빠린가… 어쨌거나 빠리, 빠리는 빠리인 것, 그 도시를 가로지르는 강, 센 강, 물살이 센 강, 그 강가를 거니는 사나이가 있었으니……."

그러다가 영화의 종장부에 가서 주인공 남자가 마침내 여러 여인들을 다 물리치고 그 여비서를 찾아가는 대목은 이렇게 읊었다.

"아아, 그는 이제 메리와 메리 그리고 메리… 아, 많은 메리들과 굿바이 굿바이 굿바이 하고 사랑하는… 음 … 그러니까… 그 다른 메리를 만나러……."

관객들은 처음엔 언팔씨의 이런 황당한 내레이션에 야유를 보내기도 했으나 곧 그 어법에 길들여지면서 다른 변사들의 정상적인 내레이션에서 맛볼 수 없는 묘한 재미를 느끼기 시작했다. 그리하여 언팔씨는 점점 주가가 올라가고 소문이 나서 서울을 비롯한 대도시 극장들에서 스카우트의 손길을 뻗어 왔다. 그는 외국 영화 전문 변사로서 명실공히 스타의 반열에 올랐으며, 벌이도 그 명성에 비례하여 풍족해졌다. 자연히 많은 여자들이 꼬여 들었지만 그는 그중에 한 '메리'를 선택하여 가정을 이루기엔 너무도 자신의 예술성에 취해 있었다. 그래서 허구헌 날 여자를 바꿔 가며 즐기다 보니 돈을 버는 대로 쓰게 될 뿐 모으지를 못했다.

그러다가 몇 년 뒤 유성영화 시대가 도래하자 언팔씨는 하루아침에 백수가 되고 말았다. 당연히, 주머니가 두둑할 때 주위에 맴돌던 '많은 메리들'도 삽시간에 흩어져 버렸다.

언팔씨는 처량한 노총각 신세로 시골 장터를 전전하며 성분과 출처가 모호한 약들을 팔아 근근이 생계를 잇게 되었다. 장터에 언팔씨가 나타나면 사방에서 아이들이 모여들었다. 그들은 언팔씨 뒤를 졸졸 쫓아다니며 변사 시절의 그를 흉내내느라 악악댔다.

"아아, 이곳은 안개 자욱한 런던의 빠리, 아니 스위스의 빠리, 아니……."

이혼 사유

그들은 너무 달랐다. 달콤한 신혼여행의 여운이 채 가시기도 전에 그들은 자신들이 나무와 쇠붙이만큼이나 이질적인 성질을 지닌 남녀라는 걸 깨달았다. 하지만 눈 멀어 사랑했던 연애 기간 중의 공들임을 아깝게 생각하여 그들은 좀 견뎌 보기로 했다. 자식을 낳으면 그 자식이 아교 역할을 해서 나무와 쇠를 접착시켜 어떤 식으로든 일가一家를 이루게 되리라 기대하며, 아이 둘을 낳았다.

이후 십 년간, 연년생의 사내아이 둘을 키우면서 감당하게 된 쉬임 없는 가사노동은 여자에게서 섬세한 감성과 여린 심성의 고운 결을 앗아갔고, 가족의 생계를 위해 밥벌이의 여하한 굴욕적 상황에도 적응을 거듭해 온 남자는 사나이다운 야성과 패기를 잃어갔다. 여자는 조금씩 거칠어져 예전의 남편 성격을 닮아 갔고, 남자는 조금씩 순치

되어 예전의 아내 성격을 닮아 갔다. 그렇게 나무는 점점 건강해져서 쇠붙이 같은 나무가 되었고 쇠붙이는 점점 유약해져서 나무 같은 쇠붙이가 되었다.

어느 날 나무가 쇠붙이를 보니 자기보다 더 나무였고, 쇠붙이가 나무를 보니 자기보다 더 쇠붙이였다. 그래서 그들은 그 놀라운 변환에 당혹감을 느꼈으나 신혼 때나 전혀 다를 바 없는 서로 간의 괴리에 깊이 좌절했다. 마침내 두 사람은 아이 하나씩을 맡기로 합의하고 헤어졌다.

이십 년 후, 여자가 데리고 산 둘째 아이의 혼인식장에서 두 사람은 다시 만났다. 그새 남자가 데리고 산 맏아들은 독신주의자가 되어 동생의 결혼식에도 오지 않았다. 신랑 측 부모인 두 사람은 각각 한 번씩의 재혼을 거쳐 다시 홀몸이 되어 있는 상태였기에 이 결혼식에 나란히 입장하는 데 무리가 없었다.

녹색 한복을 음전하게 차려입은 초로의 전처를 보는 순간 남자는 옹이 지고 이끼 서린 늙은 버드나무를 떠올렸다. 밤색 정장에 반백의 머리를 점잖게 빗어 넘긴 전남편 앞에 서는 순간 여자는 해묵은 쇠절구가 풍기는 퀴퀴한 녹내를 맡았다. 아들의 결혼식과 피로연이 끝난 후 두 사람은 조용히 무리에서 빠져나왔다.

호젓이 인근 공원을 거닐며 얘기를 나누는 동안 그들은 나무가 나무로 돌아가고 쇠붙이가 쇠붙이로 돌아가 있음을 확인하였다. 그리고 그 옛날 연애 시절의 눈 먼 열정을 떠올리며 잠시 아련한 기분이 되었다. 나무는 외로웠다. 쇠붙이도 외로웠다. 이제 늙어 아교 역할을 할 자식조차 가질 수도 없는 그들이었으나 어떤 방식으로든 서로 맞물리고 싶은 욕구를 일순간 느꼈다. 남자가 함께 저녁을 먹자고 제안했고 여자도 동의했다. 남자가 얼큰한 탕을 염두에 두고 한식집을 찾자 여자는 일식집에 가서 생선초밥을 먹으면 좋겠다고 말했다. 결국 둘 다 양보하여 그냥 가까운 데서 제일 먼저 눈에 띈 중국집으로 들어갔다. 음식을 시켰으나 둘 다 몇 젓가락 뜨지 않은 채 잠시 만에 일어서 나온 그들은 이따금씩 보자며 헛웃음을 날리고 헤어졌다.

각기 다른 방향으로 가는 차 안에서 남자와 여자는 거의 동시에 한숨지었다. 세월이 흘러도 여전한 서로 간의 괴리를 슬퍼하며, 나무는 쇠붙이가 변하지 않은 것을, 쇠붙이는 나무가 변하지 않은 것을 탓했다.

그 집 앞

늘 그러듯이 이날도 파고다공원 한쪽 벤치에 세 노인이 모여 앉아 멀찍이 떨어진 곳에 따로 앉아 신문에 코를 박고 있는 한 노신사를 이따금 힐끔거리며 이야기를 나누었다. 특히 그중 홍일점이며 제일 젊기도 한 정 여사는 시종 그를 향한 시선을 거두지 못하더니 이윽고 자리에서 일어나 진홍빛 물방울무늬 스커트의 주름을 가지런히 고른 후 노신사가 앉은 벤치로 살랑살랑 다가갔다.

문 선생님은 저 뭣이냐, 그 시 있잖아요, 김소월 시, 산에는 꽃이 피네 꽃이 피네, 하고 시작하는 시, 거기서 두 번짼가 세 번째로 나오는, 산에 산에 피는 꽃은 저만치 혼자서 피어 있네, 하는 구절 있잖아요, 그것 마냥 늘 저만치 혼자 계시네요……. 어렵사리 말문을 뗀 정 여사는 노신사 옆에 슬그머니 엉덩이를 들이밀며 앉으려 하다가 그가 일순 신문에서 눈을 떼고 고개를 들어 쳐다보았을 뿐, 그게 무슨 말이요? 라든가, 아… 제가 좀 그랬나요? 같은, 자신이 기대했던 응대는커녕 슬쩍 미소라도 지어 보이는 따위 예의 차원의 반응조차 보여주지 않자 그만 무안해져서 어깨를 떨구고 원래 있던 자리로 돌아왔다.

그것이 오히려 정 여사에겐 애간장 닳게 하는 매력으로 다가와 한층 더 문 선생을 향한 관심을 주체하지 못하게 되었음을 제일 먼저 눈치챈 사람이 평소 그녀와 각별한 사이임을 자부해 온 변씨 노인이었다. 심사가 잔뜩 틀어진 그가 모두 들으라는 듯이 큰 소리로 이죽댔다. 저 멀대 같은 안경잽이는 뭐 하는 인간이간디 도통 누구랑 어울리지도 않고 맨날 혼자 똥폼 잡고 앉았다 가는 거여? 이에 박씨가 대꾸했다. 아, 냅두시게, 저 양반 공부도 많이 하고 한때 어느 대학선가 강의도 했던 사람이라는데 작년에 상처하고 우울증이 온 모양이야. 한동네 사는 나랑도 몇 마디 인사말이나 주고받을 뿐 말 섞는 일이 거의 없다네……. 그래도 혼자 살면서 저만큼 모양새를 허술치 않게 지니는 걸 보면 평소 자기관리가 철저한 사람인 게야, 그러니 아무나 하고 시시덕대려 하겠나? 그러면서 박씨는 넌지시 정 여사의 표정을 살폈는데, 그녀는 아랑곳없이 문 선생을 그윽한 시선으로 바라보며 약간의 홍조마저 띤 얼굴로 무슨 생각엔가 골똘히 잠겨 있었다. 그 모습을 마뜩잖게 지켜보던 변씨가 돌연 자리를 박차고 일어나더니 투우장의 소처럼 콧김을 내뿜으며 문 선생이 있는 벤치를 향해 말릴 새도 없이 뛰어갔다.

그날 저녁 목련꽃 그림자 짙게 드리운 어느 연립 아파트 마당을 서성이는 두 노인이 있었다. 하나는 여자 손톱에 할퀸 것 같은 뺨의 상처에 붉은 약칠을 한 변씨이고, 다른 하나는 그와 어깨를 겯은 채 휴대전화를 귀에 대고 있는 문 선생으로, 두 사람 다 막걸리 냄새를 짙게 풍겼다. 잠시 후 아파트 창문 한 곳에서 빼꼼히 커튼이 걷히며 한 초로의 여인이 내다보았는데, 문 선생이 손을 번쩍 들며 정 여사! 하고 불렀다.

원초적 설렘 같은 것이 몰약처럼 번져드는 봄밤, 만개한 목련이 어둠 속에서 내뿜는 흰빛이 속절없이 풍염하고 습습한 바람이 두 남자의 옷깃을 기분 좋게 파고들었으나 창문의 불빛은 곧 꺼졌다.

식객

"또 왔다 갔능교? 할무이도 시 때 챙기 잡숫기 힘든 판에 남의 입을 언제까정 그래 감당하실라 카능교?"

앞 가겟방에 세 든 새댁이 안채와 통하는 쪽문을 열고 내다보며 답답하다는 듯 한마디 던졌다. 지저분하게 어질러진 밥상을 들고 방에서 나와 절뚝 걸음으로 수돗가를 향하던 원산댁은 언제나처럼 무덤덤한 어조로 대꾸했다.

"내사 두 때든 시 때든 양슥 있고 밥 할 줄 아이까 챙기 묵으면 되지만 그 할마이야 집도 절도 없는데 우야겠노? 내라도 챙기 조야지."

"하이고, 아이라 카이요. 동네 사람들 얘기하능 거 못 들으싰능교? 그 할마이 멀쩡한 아들 메누리 다 있다 카잖아요."

"몰라, 있등가 말등가. 내한테 와서 굶어 죽겠다 카는데 동가식은 시키 조야지. 재와 주진 못하이까 서가숙은 지 알아서 해야 할 끼고. 흘흘."

원산댁은 뭣이 우스운 듯 혼자 빙싯거리더니 밥상을 마당 한가운데 수돗가에 내려놓고 불편한 다리를 엉거주춤하게 구부리고 앉아 설거지를 시작했다. 수돗가 뒤쪽 두 평 남짓한 채마밭에는 가지, 토마토, 오이, 호박, 고추, 파, 깻잎, 아욱, 상추 등 집에서 가꿔 먹을 수 있는 채소란 채소는 다 조금씩 심어져 빼곡히 자라고 있다. 원산댁은 설거지를 하면서도 눈은 밭에 가 있다. 애호박이 탱탱하니 잘 영글어 보여 내일 또 단골 식객이 오면 호박부침개나 푸짐하게 부쳐 줘야겠다고 생각하자 그 게걸맞은 노인네가 손이고 얼굴이고 온통 묻혀 가며 호물딱거리고 먹는 광경이 떠올려져 즐겁기까지 하다.

그 식객이 원산댁을 찾아오기 시작한 건 두어 달 전부터이다. 하루는 윗동네에 일이 있어 갔다가 집으로 돌아오던 원산댁 뒤를 누군가 몇 걸음 뒤처져 계속 따라오는 기척이 있어 뒤돌아보니 행색이 꾀죄죄한 꼬부랑 노파가 걸음을 멈추며 퀭한 눈으로 그녀를 마주보았다.

"할매요, 낼로 와 쫓아오능교?"

"배고파 죽겠다. 밥 좀 주소, 내."

"할매는 집이 없소? 밥을 남한테 달라카게."

"집 없다. 내, 밥 주는 사람 아무도 없다."

"하이고, 그라먼 자슥도 없이 혼자 사신다 말이요?"

"자슥 있다. 맨날 뚜드리패고 밥도 안 줘서 집 나왔다."

"무신 소린가 통 모리겠네. 하여간 따라와 보소. 내, 점슴 한 끼야

드릴 수 있제."

이렇게 해서 낯선 노파를 집으로 들인 원산댁은 그날부로 거의 식구라 할 입을 하나 책임지게 되었다. 그 노파가 매일같이 점심때면 꼬박꼬박 찾아왔던 것이다. 처음 며칠은 좀 황당한 가운데 자기 먹는 상에다 밥 한 사발과 수저 한 벌만 더 놓아 주던 원산댁은 점차 그 노파를 위해 따로 상을 보기 시작했다.

동란 중에 가족을 잃고 단신 월남한 후 칠십 넘도록 혼자 살아온 그녀였기에 누굴 위해 밥상을 차리는 일이 익숙할 리가 없었다. 게다가 그녀는 어릴 적 소아마비를 앓아 한쪽 다리를 절기 때문에 몸놀림이 나이 탓을 않더라도 원활치가 못했다. 그런 그녀가 왕복 사십 분은 족히 걸리는 읍내 중앙통의 시장에 나가 평소에 잘 사지도 않던 생선 등속을 사다가 날마다 뭐 하나라도 기름기 도는 반찬을 상에 올린다는 것은 여간한 작심이 없고서는 힘든 일이었다. 동네 사람들은 신원불명의 노망 든 노파를 그처럼 정성껏 공양하는 원산댁을 두고 그녀가 늘그막에 외로운 나머지 정신이 좀 이상해진 것 같다고 수군거렸다. 그러거나 말거나 그녀는 자신의 식객을 한결같이 환대했다.

오늘 점심에도 작은 약 병아리를 하나 사다 고아서 통째로 식객 노파에게 대접해 보낸 후 원산댁은 남들이 이해하지 못하는 어떤 심연의 동기가 충족되어 기분이 흐뭇했다. 설거지를 마치고 텃밭으로 가 호박 몇 개를 따 가지고 부엌으로 가는데, 늘 열어놓는 대문을 벌컥 젖히고 동네에서 오지랖 넓기로 이름난 달순네가 헐레벌떡 들어서며 외쳤다.

"할무이, 여 쫌 보소. 이 물건 쫌 보시란 말이요!"

고개를 돌려 표정 없이 바라보는 원산댁의 눈앞에 천도복숭아 모양의 펜던트가 달린 금목걸이가 달순네 손에서 달랑거렸다.

"이거 할무이 물건 맞지요? 전번에 우리 신용조합에서 감사 선물로 드린 거. 하이고, 참… 우째 그리 어리숙하실까, 우리 할무이."

달순네가 혀를 차며 전하는 말인즉 이러했다. 좀 전에 그녀가 역 앞을 지나다가 원산댁 집에 노상 밥 얻어먹으러 드나드는 그 노파가 역사 한구석에 쭈그리고 앉아 지나가는 사람들에게 뭔가를 사라고 열심히 조르고 있는 걸 보았다. 이상하게 여겨 다가갔더니 그 노파의 손에 이 목걸이가 들려 있어 뺏어 왔다는 것이다. 그 목걸이 뒷면에 증정 받는 이의 이름과 증정하는 단체의 이름이 새겨져 있어 한눈에 누구 것인지를 알아볼 수 있는 데다 원산댁이 그것을 앉은뱅이책상 앞에 걸어놓고 찾아오는 이들한테 자랑하던 것을 알 만한 사람은 다 아는 물건이었다. 그런 물건을 함부로 줘 버렸을 리가 없으니만큼 훔친 게 틀림없다고 판단한 것이다.

달순네의 흥분한 설명을 듣고 나서도 원산댁은 그냥 목걸이만 받아 챙길 뿐 별 다른 반응을 보이지 않았다.

"할무이가 주싰능교? 아뭇 소리도 안 하시게."

"주지는 안 했다. 정 갖고 싶다 졸랐으마 우옜을지 모르지만……."

"그기 훔쳤다는 얘기 아잉교. 내 참, 배은망덕도 유분수지… 할무이요, 이제 그 할망구 밥 주지 마이소. 속아지가 그래 시꺼먼 사람을 말라꼬 공양합니꺼?"

이에 원산댁은 고개를 떨군 채 대꾸하지 않았다. 잠시 후 달순네가 제풀에 머쓱해져 돌아간 뒤 그녀는 호박 소쿠리를 들고 다시 부엌으로 향하며 중얼거렸다.

"배고프다 카는데 속이 희고 껌고가 어딨노?"

아탈란테의 경기

오, 멜라니온 내 사랑!

신의 저주를 받아 둘 다 사자獅子의 몸이 되어 이별한 후 얼마나 오랜 시간이 흘렀는지요. 수천 년의 잠에서 깨어나 부활을 기다리며 내가 거처하고 있는 곳은 아시아의 한 작은 반도 국가에 사는 젊은 여인의 자궁 속입니다. 지난 이천오백 년간 나는 하루도 그대 멜라니온과 경주를 벌였던 그날의 충격과 환희를 잊은 날이 없답니다.

당시 그리스의 아르카디아 지방에서 여걸로 이름을 떨치던 나 아탈란테가 어째서 패배에 기뻐할 수 있었는지 지금도 얼떨떨합니다. 내가 그때까지 어떤 삶을 살았었는지 그대도 잘 알지 않습니까.

나 아탈란테는 테게아 왕가의 자손이지만 딸을 원치 않았던 아버지 이아소스왕의 명으로 산속에 버림받았다가 한 사냥꾼의 손에 구원되어 자라났지요. 산과 숲에서 짐승들과 뛰놀며 자라난 나는 강인한 체력과 정신력을 가진 처녀로 성장하였어요. 지구력과 체력이 모두 남자들보다 월등하게 뛰어나서 씨름·활쏘기 등에서 유명한 영웅들을 꺾고 우승을 했으며, 특히 달리기에서는 나를 당할 사람이 없었지요. 미모까지 겸비한 나에게 수많은 영웅들이 구혼을 해왔어요. 나는 이미 위대한 사냥의 여신인 아르테미스에게 순결을 맹세했던 터라 그들의 청혼에 응할 수가 없었지요.

하지만 뒤늦게 나를 궁에 받아들인 아버지 이와소스왕의 종용에 못 이긴 나는 달리기 시합을 하여 나를 이기는 사람하고만 결혼하겠다는 조건을 내걸었어요. 거기에다 구혼자가 경기에서 지면 목숨을 내놓아야 한다는 살벌한 조항까지 덧붙여 놓았지요. 나의 강인함을 위장시켜 주는 화사한 외모에 속아 쉽사리 이길 수 있으리라 판단하여 시합에 출전한 수많은 구혼자들이 목숨을 잃었습니다. 그러던 어느 날 사촌지간인 멜라니온 그대가 나를 먼발치에서 보고는 홀딱 반해 청혼을 해왔지요.

이윽고 결전의 날이 되어 시종들이 그대가 아침 일찍 아프로디테 여신의 신전에 다녀오는 걸 봤다고 귀띔했지만 나는 승리의 확신에 차 아무 걱정도 하지 않았어요. 그런데 수많은 관중이 환호하는 가운데 경기장에 들어서면서 지중해 태양처럼 이글거리는 눈길로 나를 바라보며 미소짓고 있는 준수한 청년을 보자 걷잡을 수 없이 가슴이 두근거리기 시작했어요. 어쨌든 경기는 시작되었고 나는 평소처럼 여유롭게 보이려고 그대보다 조금 늦게 출발했지요. 얼마 가지 않아

내가 그대를 앞지르게 되었는데 별안간 그대가 내 앞으로 눈부신 황금빛 사과 한 알을 던졌어요. 그 사과는 내가 그제껏 상상도 못 해본 유혹의 마력을 발산했어요. 나는 잠시 걸음을 멈추고 사과를 주웠지요. 다시 달려 그대를 앞서려 하자 내 발 앞에 두 번째 사과가 굴러떨어졌어요. 아직은 여유가 있다 싶어 재빠른 동작으로 그것을 주워 드는 사이 그대가 앞으로 쭉 빠져나갔어요. 나는 있는 힘을 다하여 그대를 뒤쫓았고, 그대는 다시 뒤처지게 되자 세 번째로 사과를 던졌어요.

이때 나는 뭔가 계략이 있음을 눈치챘지요. 그런 꼼짝 못하게 만드는 유혹의 계략이 나올 수 있는 출처는 오직 하나, 아프로디테 여신뿐이었어요. 멜라니온 그대와 여신 사이에 모종의 공모가 있었던 게 분명했지요. 관중들은 숨을 죽이며 경기를 바라보았어요. 내가 세 번째 사과를 주우려 촌각이라도 지체하는 순간 승리는 그대 것이 될 참이었지요. 나는 그 촌각의 시간이 삶과 죽음의 갈림길에 선 순간처럼 느껴졌어요. 그대를 잃으면 단 한 번 주어진 여신의 선물을 거부하는 것이 되어 인간에게만 허락된 어떤 행복을 영원히 알지 못하고 생을 마칠 거란 안타까움이 파도처럼 덮쳤지요.

결국 나는 그 금단의 황금사과를 줍고 말았습니다. 그리하여 그대에게 승리를 내어주는 대신 황홀한 사랑의 환희를 선물받았지요. 하지만 그 행복은 너무도 짧았어요. 어느 날 함께 사냥을 나갔다가 별안간 욕망에 북받친 우리는 그만 제우스 신전으로 뛰어들어 사랑을 나누다가 신들의 저주를 받고 말았지요. 제우스 신은 물론 아르테미스 여신과 아프로디테 여신 모두가 우리의 사랑을 불경스럽게 여졌던 겁니다. 그리하여 우리를 사자로 만들어 버려 더 이상 인간의 사랑을 탐할 수 없도록 벌했지요. 아, 그때 그 세 번째 사과를 줍지 않았다면 내 운명은 그토록 비극적이지 않았을까요? 승부욕을 버리지 않고 흔들림 없이 경기에 임했다면 틀림없이 그대는 시합에 지고 목숨을 잃었겠지요. 그랬다면 나는 백전무패의 승자로서 그 슬프고 고독한 영광을 오랫동안 누리고 명성을 세세에 떨쳤겠지요.

다시 태어나면 나는 또 사랑을 택하기 위해 패배를 무릅쓰려 할까요? 잘 모르겠어요, 지금은. 다만 일곱 달 후면 나의 어머니가 될 이 여인이 자기 뱃속의 생명에 대해 마음을 달리 먹지 않기를 바랄 뿐이에요. 그런데 사실 걱정입니다. 벚꽃 잎 난분분한 봄날 산책로에서 나의 아버지가 될 남자에게 그녀가 이렇게 말하는 걸 들었거든요. 널 사랑하지만 결혼은 현실적 능력이 나보다 나은 사람과 해야겠어. 우리 헤어져.

* 참고도서 :《그리스 신화의 세계-영웅편》, 유재원 지음, 현대문학사.

파리-호텔 꼬레

나가! 이 잡놈아. 당장 꺼지지 못해!

마담 리는 젊은 프랑스 사내의 뺨을 두 대나 올려붙인 후 한국말로 악을 썼다. 옆에서 분을 삭이지 못해 시근벌떡대던 조선족 집사 미스터 장이 중국말로 뭐라고 거칠게 내뱉으며 몇 장의 지폐와 함께 프랑스 사내의 트렁크를 현관 밖으로 내던졌다. 사내는 얼굴이 벌겋게 달아올라 제 뒤에 질린 표정으로 움츠리고 선 금발과 붉은 머리의 두 여자를 데리고 나가면서 프랑스어로 쌍욕을 지껄였다.

새벽 3시에 일어난 이 소동은 그 호텔에 묵고 있는 장·단기 투숙객 모두를 깨워 놓았다. 서너 가지 다른 인종으로 구성된 그들은 각기 자기네 말로 투덜대며 잠자리에서 뒤척였다. 그들이 투덜댄 내용은 대략 다음 두 가지 중 하나였다.

- 어느 인간이 또 마담 리의 규칙을 어겼구만. 내쫓겨 싸지, 싸!

- 누가 누굴 몇 명이나 달고 자든 무슨 상관이람. 정말 웃기는 호텔이야!

이튿날 아침, 마담 리는 우아하게 단장한 모습으로 호텔 로비에서 마주치는 손님들에게 일일이 상냥하게 인사했다.

봉쥬르! 봉쥬르! 사바? 비앙. 메르씨!

미스터 장이 주방에서 아기 이유식 병을 들고 나타나 물었다.

- 사장님, 505호 여자가 또 이걸 데워 달라는데요? 자꾸 이런 거 부탁하면 여서 계속 살 수 없다고 말씀하시지 그럽네까.

- 아냐, 그냥 군소리 없이 데워 줘요. 재들 우리가 안 봐주면 어디 가서 새끼 데리고 지내겠어? 당분간 집도 절도 없이 떠돌아야 할 텐데…….

- 예, 기건 기렀습네다. 저두 간밤에 프랑스 애새끼한테 한 대 쥐어 박혔을 적엔 어뜨케 분통하고 서러벘던지……. 고저 불법체류니끼 참고 참았지만서두, 기거를 기냥, 으후! 기래두 사장님이 대신 때레줘서 분이 좀 풀렜시다.

그때 머리에 흰 수건을 쓰고 눈썹이 짙은 젊은 여자 하나가 가무잡잡한 아기를 안고 로비에 나타나 미스터 장한테서 이유식 병을 받아들며 메르씨! 하고 인사하고 객실로 향한 계단을 올라갔다. 유난히 툭 불거진 여자의 엉덩이에 휘감긴 무슬림식 치맛자락이 치렁거렸다.

마담 리는 그녀를 눈으로 좇으며 혼잣말처럼 중얼거렸다.

여긴 내 집이야. 흘레를 붙더라도 난장판으로 붙는 것들은 억만금을 줘도 사절이다, 사절! 짜아식들, 어딜 함부로….

로비에 놓인 자개 장식장에 상감된 매화 문양이 창백한 초봄 햇살 속에 단아한 은백색 광채를 반사하며 그녀의 눈망울에 일순간 차가운 이슬로 맺혔다 사라졌다. 잠시 후 마담 리는 주방을 향해 소리쳤다.

미스터 장! 오늘 한국서 손님들 몇 올 건데, 우리 달팽이 좀 준비할까?

파리 근교, 호텔 꼬레의 하루는 그렇게 또 시작되었다.

그대 검은 드레스에 벚꽃 지면

코끝이 떨어져 나갈 것 같은 한겨울 냉기 속에서 종종걸음치던 여자를 멈춰 세운 것은 버스 정류장 유리 스크린에 걸린 한 장의 의류 광고 사진이었다. 뭔지 모를 프랑스어 활자 아래 흰 물방울무늬 검정 드레스는 세칭 '씨스루'로 불리는 투명 직물로 된 것이어서 금세라도 하르르 날아오를 것처럼 보였다. 얼어 죽을 추위에 뭔 놈의 여름 드레스야? 샹젤리제 홍등가 업소들의 현란한 쇼케이스를 지나쳐 온 뒤라 아직 표정 관리가 잘 안 되는 남편이 중얼거렸지만 여자는 일생에 한 번, 딱 한 번이라도 저런 옷을 입어 보고 싶다는 생각을 하며 휴대폰 카메라의 셔터를 눌렀다.

민박집에 돌아와서 친절한 주인아저씨가 내주는 따끈한 뱅쇼*를 마시고 몸이 좀 녹자 남편은 이내 침대에 곤드라져 코를 골았다. 여자

는 그날 파리 시내 관광 중에 찍은 사진들을 하나하나 들여다보다가 드레스 사진을 남편의 휴대폰으로 전송했다. '마누라가 죽기 전에 입어 보고 싶은 옷! 호호호'란 메시지와 함께.

자식들이 보내준 환갑 기념 유럽 여행에서 돌아온 후 얼마 되지 않아 그녀는 밤늦은 시간에 동네 목욕탕 한증막에서 숨진 채 발견되었다. 문상 온 사람들은 고인이 삼십 년을 하루같이 지켜온 반찬가게를 문 닫은 그날 저녁 시장통 동료들과 술 한 잔 한 후 단골 사우나에 들렀다가 심장마비가 온 것 같다는 이야기를 주고받았다.

이튿날 아침 여자의 남편은 빈소를 지키는 아들딸들 모르게 장례식장 근처 백화점으로 갔다. 철이 일러 아직 여름옷은 구할 수가 없어 다소 두터운 천의 검정색 원피스 한 벌을 산 그는 입관실로 염습사를 찾아갔다.

발인 날은 날씨가 좋았다. 조문객 중에 더러는 장지에 도착하자 마치 야외에 소풍이라도 온 듯 약간 들뜬 기색마저 보였다. 하관 예절이 끝나고 유족과 조문객들이 차례로 흙을 뿌릴 때까지 화창하던 하늘이 산역꾼들의 마무리 삽질이 시작되자 갑자기 흐려지더니 물기를 머금은 바람이 제법 세차게 불어왔다. 계단식 공원 묘역 비탈에 선 벚나무들이 일제히 흰 꽃 이파리들을 날렸다. 꺼이꺼이 울어대는 자식들과 달리 아무런 기척 없이 무표정하게 서 있던 여자의 남편이 별안간 외쳤다.

"잠시 멈추시오!"

산역꾼들이 손길을 멈추었다. 무덤가에 둘러선 사람들 머리 위를 지나 검은 오동나무 관 위로 하얀 꽃잎들을 품은 바람이 자욱하게 내려앉았다. 여자의 남편은 그제야 흐느끼기 시작했다. 여자가 씨네 쿠아농** 드레스를 입고 하늘하늘 아련한 봄날 허공 속으로 떠나고 있었다. 한평생 무슨 색인지 알 수 없게 얼룩덜룩한 몸빼 차림으로 싫증나도록 곁에 있을 것 같던 그 여자가…….

* 와인에 개피·오렌지 등을 넣어 끓인 프랑스 전통 음료. ** 프랑스 패션의류 브랜드 이름.

전원교향악

경상도 어느 산골 마을에 고부 둘이서 생활하는 집이 있다. 시어머니는 여든 살을 넘긴 파파 할머니이고 며느리는 환갑을 바라보는 중늙은이다. 그 동네 여느 촌부들과 마찬가지로 그들은 종일토록 밭에서 배추, 무, 파, 마늘, 양파 따위를 경작하느라 허리 한 번 시원히 펴 보질 못한다. 차로 두 시간쯤 가는 대처에 사는 손자이며 아들인 귀동이가 다달이 얼마간의 생활비를 부쳐 주건만 그들은 한평생 해온 농사일이 생의 수단을 너머 생의 목적처럼 되어 버린 지 오래이므로 자고새면 저절로 발걸음이 향하는 곳이 집 앞 텃밭이다.

멀리서 바라볼 때 그들이 일하는 모습은 집 뒤로 병풍처럼 둘러선 청산을 배경으로 한없이 평화로운 목가적 분위기의 전형적인 산촌 풍경일 뿐이다. 그러나 좀 더 근경으로 살펴봤을 때 한밭에서 일하는 두 여인 사이에 고여 있는 묘한 정적을 느끼게 되면서 뭔가 예사롭지 않은 게 있다는 걸 눈치채게 된다.

맨 먼저 주목하게 될 점은 두 사람이 네 시간이고 다섯 시간이고 한마디 말도 주고받지 않은 채 묵묵히 일만 한다는 것이다. 그러다가 해가 중천에 떴을 때 며느리가 호미를 내려놓고 점심을 차리러 집 안으로 들어가고 잠시 후 뒤이어 일어선 시어머니가 손을 씻고 툇마루에 앉고부터 갑자기 그 정적은 깨지고 집안은 카랑카랑한 노인의 목소리로 소란스러워진다.

"아이고, 문디 여편네. 집구석 해논 꼬라지 봐라. 더러봐서 앉동 몬하겠네. 식전에 걸레질 좀 쳐노면 손모가지가 뿌라지나? 캬악, 퉤!"

노인이 마루 밑에다 가래침을 탁 뱉고는 한구석에 놓인 걸레 뭉치를 수돗가로 휙 내던질 때 며느리는 양은 소반을 받쳐 들고 부엌에서 나오다 말고 도로 들어가 부뚜막에 소반을 내려놓고 혼자 밥을 먹기 시작한다. 수돗가에서 걸레를 빨며 뭐라고 한참을 악 쓰듯이 며느리한테 퍼부어 대던 노인은 다시 마루로 올라와 걸레질을 몇 번 하는 척하다가 몸빼바지에서 구겨진 담뱃갑을 꺼낸다. 노인이 담배를 피우는 동안 며느리는 상추에다 간고등어 살을 얹어 고봉밥 한 그릇을 뚝딱 비우고 나서 찬장에다 남은 고등어 한 마리를 집어넣고는 자물쇠를 채운다. 그리고는 삭 깎아 담은 밥 한 사발과 김치, 쌈, 강된장만 놓인 소반을 다시 들고 나와 마루의 노인 앞에다 탁 내려놓는다. 그리고 하얗게 눈 흘기는 시어머니를 아랑곳하지 않고 머리수건을 벗어 들고 옆집으로 향한다.

옆집에는 도시에서 살다가 귀촌한 50대 독신녀가 라디오 FM 방송에서 슈베르트를 들으며 혼자 점심을 먹고 있다. 며느리가 그녀의 밥상에 놓인 막걸리 병을 보더니 입이 벙싯 벌어져서 다가가 앉는다. 독신녀가 한 사발 찰찰 넘치게 따라 준 막걸리를 단숨에 들이켜고 손으로 입가를 스윽 문대고 난 며느리는 그때부터 두 팔과 손을 부산하게 움직이기 시작한다. 그 움직임을 눈길로 좇던 독신녀가 말한다.

"어머, 노친네가 왜 또 그러신대? 엊그제 손주 내외 다녀가고는 기분이 한참 좋으시더니……."

며느리의 손짓이 더욱 바빠진다. 뙤약볕에 탄 얼굴이 술기운에 고조된 흥분으로 잘 익은 대추처럼 검붉다.

"귀동이 아줌마도 요번에 조합에서 가는 온천관광에 따라갔다 와요. 그렇게라도 스트레스를 좀 풀어야지."

그때 어느새 점심을 마쳤는지 몇 남지 않은 이빨을 손가락으로 쑤시며 노인이 독신녀네 마당으로 들어선다. 며느리는 머리수건을 탁탁 터는 시늉을 하더니 횡하니 자기 시어머니 곁을 찬바람 나게 스치며 나가 버린다.

"저 문디 여편네가 와서 또 뭐라꼬 지끼고 갔노? 지 한 짓은 다 나뚜고 내 숭만 디기 보고 갔제?"

"할머니, 며느리한테 잘하세요. 어쨌거나 할머니 모시는 건 며느리뿐이잖아요."

"아래, 귀딩이가 댕기가멘서 내한테 이 비싼 걸 채와 주고 갔다. 보소, 금딱지 시계 아이가. 아매 삼만 원도 더 할끼라. 저 여편네가 심이 나서 내 밥도 안 챙기 준다 카이."

빼만 남은 팔에 무겁게 걸린 싯누런 금속줄을 쳐들어 보이며 의기양양한 표정을 짓고 있는 노인에게 독신녀가 막걸리 한 사발을 권하며 큰 소리로 말한다.

"할머니, 며느리한테 잘하면 손자가 할머니한테 더 좋은 것도 많이 해드릴 거예요."

노인은 더 큰 소리로 대꾸한다.

"맞다. 우리 귀딩이가 저거 어매는 치다도 안 보고 그리키 할매만 안 챙기쌌나. 지집이 성질이 저래 더러버노이까 몸 약한 내 새끼가 우째 배겨났겠노?"

이쯤에서 웬만한 눈치를 지닌 독자라면 그 고부의 삶이 지닌 장애적 여건을 능히 짐작할 것이다. 60대부터 청력을 잃은 시어머니와 선천성 농아인 며느리. 전자는 전쟁 중에 남편을 잃고, 후자는 그 유복자였던 소아마비 장애인 남편을 40대에 잃은 과부 2대의 고부. 그들의 유일한 희망인 귀동이는 도시에서 제 나름의 생존을 꾸려 가기에 급급한 처지로서 해묵은 고부간의 갈등에 아무런 해결을 주지 못한다. 그들은 수십 년을 그렇게 말 못 하고 안 들리는 남다른 의사소통 구조 속에서 말 잘하고 잘 들리는 사람들 못지않게 시끄럽고 첨예한 갈등을 겪으며 살아왔다.

그러나 독신녀가 보기에 둘 중 하나가 없어진다면 그 팽팽한 관계의 긴장이 유지해 주는 삶의 균형 또한 위협받을 거란 사실을 두 사람 다 잘 알고 있는 듯하다. 그래서 그들은 제일 가까운 이웃인 독신녀에게 이따금 이런 식의 하소연을 해오기도 한다.

먼저, 급한 일이 생기면 어버버 어버버 하며 허둥대는 며느리를 보고 한숨처럼 내뱉는 할머니의 말.

"저 문디가 내 없으면 지 새끼한테 빨리 쫓아와 달라꼬 전화를 할 수 있겠노, 뭘 하겠노?"

이 년째 이웃으로 살아온 독신녀가 이제 웬만큼 알아먹게 된 며느리의 수화로 이해하는 내용은 또 이렇다.

"할마씨가 하늘로 올라가 뿌면 내는 이 집 혼자 못 지킨대이. 교회에서 하는 늙은이 집으로 갈끼다."

복잡하고 시끄러운 도시에서 군중 속의 고독을 뼈저리게 느낀 끝에 단순하고 심심하지만 덜 외로울 것 같은 시골을 찾아 들어온 독신녀. 그녀는 이웃사촌인 이들 귀머거리와 벙어리 고부가 합주해 들려주는 절묘한 전원교향악에 라디오에서 흘러나오는 슈베르트의 실내악이 무색해지는 걸 느끼며 미소짓는다.

역도 남매

용자는 아침에 눈을 뜨자마자 냉수 사발을 받쳐 들고 강수가 자고 있는 문간방으로 갔다. 네 활개를 뻗치고 드렁드렁 자고 있던 강수가 뺨에 와 닿는 차가운 사기그릇의 감촉에 진저리 치며 눈을 떴다.

"오빠야, 퍼뜩 일나라. 운동 가야제."

"운동? 무신 운동?"

"오늘부터 내 하고 아침마다 뒷산 오르기로 했잖아. 몰개 주머니 메고."

"아… 그래… 그라기로 했지."

그제야 강수는 부스스 일어나 용자가 가져온 냉수를 벌컥벌컥 들이켰다.

잠시 후 남매는 각자 감당되는 무게의 모래 주머니를 하나씩 등에 지고 집 뒤의 야산을 오르기 시작했다. 산 중턱에 이르자 강수는 숨이 턱에 찼다. 용자가 진 모래 주머니는 쌀 반 말 정도 부핀 데 비해 강수의 것은 그 두 배나 되었다.

"쫌 쉬었다 가자. 식전부터 하이까 이 짓도 힘드네."

"오빠야, 벌써 힘드나? 장날 되마 그거보다 더 큰 콩 자루도 버쩍 버쩍 잘 날랐잖아."

"가시나야, 콩 자루하고 몰개 자루하고 무게가 같은 줄 아나? 몰개가 훨씬 무겁다 말따."

"그래도 빨리 연습 마이 해서 이번 시합에서 잘해야 짜장면 맨날 공짜로 묵을 낀데……."

동생의 채근에 강수는 땀을 훔치며 다시 일어선다. 자기와 더불어 두 살 아래인 용자까지 역도 특기생으로 중학교 진학을 꿈꾸게 된 마당에 사실 짜장면이 문제가 아니었다. 하지만, 짜장면이란 말만 들어도 그는 입에 침이 가득 고였고 그 침이 흥분제라도 되는 양 기운이 불끈 솟았다.

얼마 후 군이 주최하는 면 대항 체육대회에서는 어린이·청소년·성인부로 나뉘어 역도 시합도 있을 예정이었는데, T읍에서 제일 큰 중국집인 용봉각 주인이 부문별 입상자 모두에게 한 달 동안 짜장면을 무료 제공하겠다고 나선 것이었다. 용봉각 짜장면은 강수 남매에겐 천상의 음식 그 자체였고 역도 선수를 꿈꾸게 한 직접적인 동기였다. 그 사연은 강수가 초등학교 4학년이던 두 해 전으로 거슬러 올라간다.

T읍 외곽의 용봉산 기슭에 사는 강수는 농사밖에 모르고 살아온 토착 빈농의 육남매 중 셋째인데, 어려서부터 공부머리 없는 자식으로 판명받아 집안에서 아무도 그의 학업에는 신경 쓰지 않았다. 그런데 예로부터 구국장수의 전설을 지녀 온 용봉산의 정기를 받아 그런지 그는 걸음마를 떼고부터 무거운 물건을 수월하게 들어 올리는 별난 힘을 보여 동네에서 꼬마장사라고 불려 왔다. 자연히 집안에서 힘쓰는 일은 다 그의 차지가 되었다. 특히 추수가 끝나면 동네 곳곳에서 장에 내다팔 곡식을 수레에 싣고 내리는 일이나 노점 행상을 나서는 이웃 아낙들의 짐 보따리를 대신 지고 버스가 서는 읍내까지 져다 주는 일로 그는 방과 후 또래들과 어울릴 틈도 없곤 했다.

하루는 옆집 할머니가 콩 자루를 읍내 중국집에 갖다 주라고 부탁했다. 심부름 값으로 오백 원을 받아 허리춤에 넣은 뒤 쌀 두어 말 부피의 자루를 메고 십 리 길을 한달음에 내달아 땀을 비 오듯이 흘리며 식당에 들어섰다. 생전 처음 맡아 보는 고소하고 기름진 냄새가 코를 찔렀다. 사람들이 까맣고 면발이 두꺼운 국수를 후루룩 쩝쩝 먹고 있는데 보기만 해도 침이 꿀꺽꿀꺽 넘어가면서 온몸이 거대한 혀로 변한 듯 그 음식 가까이로 저절로 기울어졌다. 그때, 허 이 자슥 봐라, 하고 어깨가 딱 벌어진 한 남자가 강수의 엉덩이를 탁 치며 일갈했다.

"일마, 이거 안즉 어린 놈이 심이 우예 이래 좋노!"

그때야 강수는 정신이 들어, 지고 있던 콩 자루를 바닥에 내려놓고 그 사람을 올려다보았다.

"보소, 주인장! 이 아-한테 짜장면 한 그릇 주소."

중국집 주인이 콩 자루와 강수를 번갈아 보더니 웃으며 말했다.

"니 짜장면 값 있나?"

그날 강수가 지닌 오백 원으로 결코 사먹지 못할 짜장면을 사준 그 낯선 남자가 바로 T읍의 유일한 사립학교인 J 중학교의 체육교사 한영웅 선생이었다. 강수의 괴력을 대번 알아본 한 선생은 그 후 몇 번 아이를 학교로 불러 역도 선수의 자질을 점검해 본 후 체육특기자로 중학교 진학을 준비할 것을 권했다. 진학을 언감생심 포기했던 강수가 신이 나서 집에 달려와 그 사실을 알리자 그 못지않게 남다른 체력을 보이던 여동생 용자가 자기도 그 길을 가고 싶다며 매달렸다. 그리하여 남매는 J 중학교 체육실에 드나들기 시작했고 강수는 한 선생의 비공식적인 훈련을 받기 시작했다. 물론 용자는 너무 어리다는 이유로 그 훈련의 수혜에서 제외되었다. 다만 6학년이 되면 고려해 보겠다는 한 선생의 언질에 힘입어 부지런히 오빠를 따라다닐 뿐이었다. 한 선생은 강수가 특별히 좋은 기록을 내는 때면 남매를 용봉각에 데리고 가서 짜장면을 사주었다. 기록이 최고에 못 미칠 때도 더러 사주는 적이 있었으나 그때는 용자를 먼저 집에 가라고 하고 강수만 데리고 갔다. 이것은 강수가 분발하지 않을 수 없는 강력한 자극제로 작용했다. 십 리 길을 울며불며 혼자 돌아갈 동생을 생각하면 어떻게든 더 나은 기록을 내야 했던 것이다.

그 짜장면을 한 달간이나 공짜로 먹을 수 있다면! 까맣게 윤기가 흐르는 그 황홀한 음식을 떠올리자 강수는 팔다리에 힘이 펄펄 솟는다. 어린 소년치고 발달한 등 근육이 밀반죽처럼 움쭐움쭐 부풀어 오른다. 다시 모래 주머니를 지고 성큼성큼 산을 오르는 오빠 뒤를 누이가 말총머리를 팔랑이며 바지런히 쫓아간다. 용봉산 둘레로 따사롭고 아스라한 기운이 갓 볶은 짜장에서 솟아나는 김처럼 모락모락 피어오르고 있다. 봄이 오나 보다.

흘러가는 것은 왜 보랏빛일까

ㅊ시 ㅁ항 입구 네거리에는 흘러간 팝송을 하루종일 들려주는 '그라시에'라는 소박한 카페가 있었다. 그 카페의 여주인은 옆에 GRACIE라고 알파벳 표기를 해놓은 그 상호가 무슨 뜻인지를 모르고 있었다.

어느 날 한 나그네 손님이 와서, 그것은 이탈리아어로 '감사한다'는 뜻이며 원래 발음은 '그라치에'라고 알려 주었다. 여주인은 매우 '감사해' 하며 그 손님에게 공짜 맥주를 대접했다.

손님이 답례로 담배를 권하자 그녀는 기다렸다는 듯이 한 개피를 뽑아 물더니 자기가 살아온 삶에 대해 물어 보지도 않은 사실들을 마치 모노드라마의 주인공처럼 털어놓기 시작했다. 그렇게 한참을 혼자 지껄이던 끝에 그녀는 긴 한숨을 내뱉더니 말했다.

"이곳이 내 마지막 정박지였으면 좋겠어요. 이젠 떠도는 삶이 진저리가 나요. 이 별 볼일 없는 가게나마 내 소유니까 얼마나 속이 편한지 몰라요. 그래서 요샌 나날이 감사하는 마음으로 살아요. 정말 그라시에, 그라시에! 현상유지만 되면 언제까지라도 할 거예요. 혹시 팔자에 없는 멋진 남자가 나타나 날 데려가겠다면 몰라도… 호홋."

이윽고 손님이 딴 곳에 약속이라도 있는 듯 시계를 보며 일어서자 여주인은 계단 아래까지 따라 내려와 그를 배웅했다. 손님이 '그라치에' 하고 작별의 인사를 건네자 그녀는 마치 은밀한 정보라도 귀띔하듯 재빠르게 속삭였다.

"블라디보스톡으로 가는 러시아 선박이 보름마다 이곳에서 떠나는 거 아세요?"

일 년 뒤 그 나그네는 ㅊ시 ㅁ항 입구 네거리에 다시 와서 카페 '그라시에'를 찾았다. 진보랏빛 외벽에 난 바다를 향한 창에 연보랏빛 커튼이 드리워져 있었다고 기억되는 그 카페를 찾느라 그는 그 네거리를 네 방향으로 네 번이나 건너며 살펴봤지만 그런 상호는 물론 보랏빛 커튼 같은 것을 드리운 업소는 사방 어디에도 없었다. 그는 근처 부동산 중개업소로 들어갔다. 늙수그레한 남자가 혼자서 장기판을 들여다보고 있다가 대꾸했다.

"아, 그라시에요? 얼마 전에 다른 사람한테 넘겼어요. 단란주점 '애무'로 바뀌었지. 칠도 뽀얗게 새로 하고 해서 못 알아본 모양이구랴. 하긴, 예전엔 온통 시퍼렇게 칠해 놨댔으니 느낌이 많이 다르긴 해."

나그네가 물었다.

"그 여자, 배 타고 멀리 갔나요? 블라디보스톡이나 어디로?"

부동산업자는 도대체 무슨 소릴 하느냐는 표정으로 올려다봤다.

"배요? 모르지, 배를 탔는지 어쨌는진. 허나 뭐, 가겟세 밀려서 보증금 다 까먹고 나간 사람이 블라디보스톡 같은 데는 뭐 하러 가겠소?"

고개를 주억거리고 거기서 나온 나그네는 길 건너편 2층 건물에 새로 들어선 단란주점 '애무'의 새하얀 외벽을 쳐다보며 중얼거렸다. 이상하군, 분명히 그땐 푸른색이 아니라 보라색이었는데…….

쑥애탕

사월은 어김없이 어린 쑥과 함께 시작되었다. 십여 년 전 경상도 깊은 산골 마을로 귀촌한 친구는 자신의 안부를 전하듯 해마다 이맘때면 봄나물을 뜯어 보냈다. 택배 박스를 열면 도시 생활에서 바쁜 숙이 번거로울까 봐 말끔히 다듬어 손질한 나물이 종류별로 봉지봉지 들어앉아 있곤 했다. 며칠간 밥상이 그린 필드겠군! 말은 그렇게 해도 남편은 입가가 헤벌쭉해져서 공연히 부엌을 들락거리며 냉장고와 다용도실 선반을 들여다보았다. 그가 확인하려는 게 뭔지 너무도 잘 아는 숙은 새된 소리를 내질렀다. 뭘 또! 지난 주말에 다 재고 처리하셨잖아! 뻘쭘해서 부엌을 나가는 남편의 헐렁해진 뒤태를 보며 숙은 찬장 깊숙이 넣어둔 해묵은 매실주를 떠올렸다. 친구가 귀촌하던 해에 담가 봉해 뒀던 것을 이태 전에나 열어 보내온 것이니 십 년은 족히 묵은 술이다. 그 깊은 향기가 싱그러운 봄나물들과 어울린다면! 숙은 창밖의 뿌연 황사 먼지가 문득 고향 뒷동산의 아지랑이처럼 포근하게 느껴졌다.

밤새 끙끙 앓는 중에도 숙의 머릿속을 떠나지 않는 한 가지 생각은 쑥에 대한 것이었다. 갑작스런 부고를 받고 친척집 초상에 갔다가 미망인이 넋을 놓는 바람에 사흘 내내 그 곁을 지키다 돌아온 어제 오후만 해도 멀쩡했었다. 십 년 묵은 매실주 대신 초상집의 어쭙잖은 접대 술로 입맛만 씁쓸해진 남편이 먼저 귀가해 끓여 놓은 김칫국이 있어 거기다 식은 밥 한 술 말아먹은 게 사단이었다. 지치고 허기진 상태에서 허겁지겁 집어넣은 음식이 급체를 일으킨 것이었다. 이미 병원 진료 시간도 끝났을 때라 손발 끝을 바늘로 따고 소화제를 먹고 등을 두드려 토악질을 하고 보리차를 끓여 마시는 등 가정 내에서 할 수 있는 처방은 다 해봤건만 몸살을 동반한 위통과 흉통은 가라앉지 않았다. 온밤 내 수발 들던 남편이 지쳐 곯아떨어지고 나서도 혼자 몸을 뒤채며 잠을 못 이루던 숙은 친구가 보낸 나물이 방치된 채 시들고 있을 것이 애가 탔다. 황망 중에 그것을 갈무리할 겨를도 없이 뛰쳐나갔던 것이다.

숙은 결국 일어나 비칠대며 부엌으로 갔다. 다용도실 한편에 놓여 있는 나물 박스를 여니 나물들 대부분이 못쓰게 곯아 있었다. 헌데 쑥만은 약간 마른 상태나마 아직 훼손되지 않았다! 이 귀한 것이 더 시들기 전에 어떻게든 살려 써야 하는데, 싶어 숙은 몸이 괴로운 중에도 머리를 쥐어짰다. 사촌언니가 팔순이 다 된 형부의 죽음을 그토

록 애통해한 것도 조금만 일찍 손을 썼으면 살 수도 있었던 것을 응급처치 시점을 놓쳐 그리 되고 만 탓이었다. 숙은 냄비에 물을 끓였다. 일단 쑥을 데쳐 둘 셈이었다. 물이 끓어오르자 쑥을 넣었다. 쌉싸름한 쑥 향기가 공기 중에 화르르 퍼졌다. 그녀는 쑥을 건져내고 데친 물을 버리려다 공기에 조금 따라 마셔 보았다. 뭔가 속을 다독여주는 감이 있어 한 공기 가득 부어 마셨다. 잠시 후 놀랍게도 가슴 통증이 시나브로 풀리더니 위통도 점점 가라앉았다. 웅녀의 후손이 맞구나! 속이 한결 편안해진 숙은 중얼거리며 데친 쑥을 갈무리해 냉장고에 넣었다. 초상집에서 부지불식간에 몸에 들여놨던 한랭한 기운이 얼추 빠져나간 듯했고 친구의 정성을 완전히 헛되게는 하지 않아 미안함도 덜어져서 그녀는 한결 기분이 밝아졌다.

부엌 창밖으로 희붐한 여명이 비쳐들고 있었다. 밤을 꼬박 샌 것이다. 숙은 냉동고에서 고기 한 덩이를 꺼내 냉장칸으로 옮겨 넣었다. 오늘 저녁 자신이 아는 최고의 쑥 요리를 할 작정이었다. 그것은 손이 많이 가는 별식이었다. 쑥 완자탕, 일명 쑥애탕이라고도 불리는 그것은 남편이 일 년에 단 한 번 접견할 수 있는 행운의 여신처럼 반기는 술안주이기도 했다. 아픈 것도 다 잊고 숙은 별식과 명주가 올라갈 주안상을 떠올리며 마음이 설렜다. 숙이 애끓여 만든 탕국, 쑥애탕 맛네… 풉! 그녀는 자기도 모르게 속엣말을 내뱉고는 스스로도 민망해 웃음을 베어 물었다.

평소 거의 쓰지 않는 맨 아랫칸 찬장 깊숙이 손을 뻗어 매실주 병이 잘 있는 것을 확인한 숙은 개수대에 가득 쌓인 그릇들을 설거지하며 흥겨운 상상을 이어간다. 오늘 저녁 남편은 취흥에 겨워, 젊은 날 방황하며 소리판을 따라다닐 때 익힌 판소리 한 대목을 뽑을지도 모른다. 일단 단가로 목을 풀겠지, 아마도 사철가로……. '이 산 저 산 꽃이 피니 분명코 봄이로구나!'

못 잊어

여자는 연보랏빛 나문재를 한 움큼 뜯어 입 안에 털어 넣고 어석어석 씹었다. 바다풀의 비릿하고 새큼떫떨한 풋내가 입에 낯선지 여자의 이마가 한순간 찌푸려졌으나 이내 펴졌다. 술병을 기울이는 여자의 손놀림이 잦아지면서 온갖 미물들을 품은 뻘밭도 부산스럽게 술렁였다. 여자가 뜯어먹고 난 자리에는 여자의 몸피만큼 보랏빛이 사라지고 수의가 펼쳐진 듯 검은 갯흙이 드러났다.

멀리서 낮게 내려앉은 탁한 회백색 하늘 아래로 투명한 흑청색 물이 소리 없이 부풀어 올랐다. 한두 방울씩 떨어지던 빗방울도 점점 굵어졌다. 해안도로에서 젊은 남녀 한 쌍이 자전거를 타고 쌩하니 지나갔다. 여자는 그들을 향해 손이라도 흔들 듯이 팔을 움찔하다가 그만 고개를 돌렸다.

검은 수평선에서 물이 더 차올랐다. 여자는 갯벌에 몸을 뉘었다. 흰 물새 한 마리가 늦었다는 듯 다급한 날갯짓으로 허공을 차고 올랐다. 여자는 가슴 위에 두 손을 가만히 얹고 눈을 감았다. 여자의 모아 쥔 손아귀 사이로 구겨진 흑백 사진 한 장이 보였다.

한껏 부푼 물이 빠르게 밀려오기 시작했다.

오블리비온

술은 왕왕 우리 안의 반역을 부른다. 꽁꽁 동여지거나 숨어 있던 내부의 정열을 자극하는 성향이 있는 술이 뜨겁기까지 하다면 그 정열은 불온한 충동을 수반할지도 모른다. 아, 그 일이 내게 일어났던가…….

카페에서 언 몸을 녹이느라 단숨에 들이킨 두어 잔의 뜨거운 맥주가 피아졸라와 만났을 때 무슨 일이 일어날지 누가 알았겠는가. 홀 저편의 스피커에서 갑자기 리베르 탱고가 울려 퍼지기 시작하자 카페 손님들 중 몇몇이 쌍을 지어 홀 중앙의 빈 공간으로 나갔다. 창가에 석양이 허무한 황홀로 스쳐가고 어둑해진 실내에는 테이블마다 호박색 램프가 밝혀졌다. 춤추는 사람들은 모닥불의 불꽃처럼 펄럭이며 잘 마른 나무 가지가 탈 때 내는 소리를 타닥타닥 내면서 돌아갔다. 이윽고 첫 곡이 끝나고 다음 곡 오블리비온이 저녁 이내처럼

푸르고 눅눅하게 휘감겨들었다. 한없이 나른해져 있던 몸이 '망각'이란 뜻의 그 곡과 반대로 뭔가를 기억해 내기 시작했다.

이때부터 나는 그저 몸이었다. 몸이 이끄는 대로 나는 옆 좌석에서 함께 온 일행이 춤추는 걸 바라보며 홀로 앉아 있던 붉은 머리 아가씨에게 다가갔고 서투른 현지어로 그녀를 댄스 플로어로 청했다. 초록 눈을 가진 그 아가씨는 덜 익은 능금처럼 풋풋한 향기를 풍겼고 나는 마취된 상태처럼 모든 생각이 사라졌다. 그것은 마치 내가 좌석에 그대로 앉아 있고 내 몸에서 분출된 어떤 뜨거운 기운이 독립된 생물처럼 튀어나가 스텝을 밟고 동작을 이어 나가는 느낌이었다. 아가씨는 첨 보는 낯선 여자지만 내가 알아온 모든 여인이기도 했다. 나는 그 여인들을 모두 사랑했었다. 마지막으로 사랑했던 여인은 나만의 여자가 아니었지만 상관없었다. 끝끝내 마음으로 나를 받아들이진 않았지만 그녀의 몸은 나의 사랑을 받아들였다.

하지만 우리는 결국 잊을 것이다, 몸의 사랑도 마음의 사랑도. 오블리비온. 그래서 우리는 망각을 노래하고 춤춘다.

나는 잊어버렸다… 모든 것은 몽롱했다… 우리는 저마다의 노래를 춤추었다…….*

인조 비단처럼 서늘한 탱고 음악의 너울에 휩싸여 내가 나를 잊어가는 동안 초록 눈 아가씨는 길고 매끈한 다리로 내 하체를 휘감고 활처럼 휜 가녀린 허리는 내 팔 위에 실은 채 새로 지핀 모닥불처럼 파닥거리며 타올랐다. 불꽃이 빛 알갱이를 휘황하게 분사했다. 나의 몸이 마지막 사랑의 환영에 민감하게 반응했다.

나는 깨달았다… 오늘 춤추는 타인이 어제의 당신이라는 것을…….*

초록 눈이 둥그렇게 커지며 눈빛이 몹시 흔들렸으나 나의 입술은 그녀의 것에 포개졌고 깊고 긴 입맞춤이 이어졌다. 음악은 이미 끝났다. 춤도 끝났다. 이제 새로운 사랑으로 마지막 사랑을 떠나보낼 시간이다. 나는 아가씨를 끌어안은 채 내 좌석으로 갔다. 그때까지도 내 마음은 자리에 앉아 기억의 늪을 헤매고 있었다. 나는 한시바삐 마음을 수습해 밖으로 나갈 필요를 느꼈다.

그때 카페 문이 벌컥 열리며 금발의 젊은 사내가 들어왔다. 곧이어 그의 손에서 금속성의 무언가가 번쩍 쳐들리더니 한 중년 사내가 바닥에 나동그라졌다. 사람들이 비명을 질렀다. 나는 초록 눈 아가씨를 데리고 빨리 그곳을 빠져나가고 싶었으나 그녀는 겁에 질려 자리에 붙박인 채 꼼짝도 하지 않았다.

나는 결국 혼자 카페 밖으로 나왔다. 마음은 미련이 남은 듯 마지못해 나를 따라왔다. 그 사이 눈이 또 쌓여 건너편 자작나무 숲으로 난 오솔길이 하얗게 빛났다. 숲을 통과하면 나의 마지막 사랑이 머물던 집이 있다. 그녀는 이미 떠나고 없을 테지만 거기서 잠시 쉬어 가고 싶었다. 이번엔 몸이 말을 안 듣는다. 마음이 재촉했지만 몸은 있는 대로 늑장을 부린다. 그래도 더 어두워지기 전에 그리로 가야 한다.

아직 내 기억의 술은 온기가 남아 있다. 이 술이 다 식기 전에 내 마지막 사랑의 자취를 다시 한 번 더듬고 싶다. 그런 다음 다 잊을 것이다. 오블리비온.

망각은 날아오름… 과거로부터의 날갯짓… 미래로부터의 착륙…….*

영원한 망각의 밤이 서둘러 다가오고 있다. 흰 눈길에 번지고 있는 칸나 꽃처럼 붉은 선혈의 흔적 위로…….

---

* 피아졸라의 탱고곡 〈오블리비온〉에 붙여진 프랑스식 노랫말.

돼지효과에 대한 한 보고

돼지효과에 대한 한 보고

1

2007년 어느 여름날, 중국 장시성 작은 마을에 사는 왕모씨(55세)는 자기 농장 축사에서 밤새 죽어 자빠진 돼지 몇 마리를 발견했다. 가축이 고열이 오르고 피부에 붉은 반점이 생기면서 귀가 푸르게 변해 죽는 그 역병을 사람들은 청이병靑耳病이라 불렀다.

그 해 여름 양쯔강 유역에서 발생한 청이병은 중국 전역으로 확산되어 100만 마리 이상으로 추정되는 엄청난 수의 돼지들이 폐사하거나 살殺처분되었다. '돼지고기와 식량이 천하를 편안하게 한다'는 믿음을 지닌 중국 인민에게 돈육은 생필품이므로 돼지파동으로 말미암은 물가 인상 폭은 정부의 통제 노력에도 불구하고 연말 전에 이미 6%를 넘어서고 있었다.

청이병 타격으로 사육돈 수가 절반 이하로 줄어든 장시성 왕씨는 그해 가을 지참금을 마련해 시집보내 주기로 했던 맏딸에게 약속을 지키지 못하였다. 나이 서른을 넘긴 그 집 왕씨 처녀는 약혼자 집안에서 파혼을 선고해 온 다음 날 동네 저수지에 몸을 던졌다.

2

2008년 이른 봄날, 대한민국 전라북도 한 소읍에 사는 양돈업자 박모씨(63세)는 자신의 돈사에서 목을 매 숨진 채 발견되었다. 그는 지난 30여 년간 돼지를 키우며 하루도 마음 놓고 쉬어 본 적이 없었다. 아침 7시면 농장에 나가 밤늦도록 돼지들을 돌보고 새끼를 받고 하느라 새벽녘이 되어서야 집에 돌아오기가 일쑤인 생활이었으나 삶의 모든 보람과 희망을 오로지 돼지에 걸고 인내하며 살아온 그였다.

박씨의 초상을 치르고 난 보름 뒤, 도시 사는 외아들네로 가기 위해 빈 농가에서 짐을 꾸리고 있던 그의 미망인은 문갑 서랍에서 생전에 남편이 쓰던 헌 공책을 발견하고 들춰 보았다. 거기에는 정책시설자금 대출금, 농협상호금융 융자금, 사료대금 연체비 등의 채무상황을 적어 놓은 기록이 있었다. 어림잡아도 2억이 넘는 액수였는데, 특히 지난 한 해 동안 사료 값은 엄청나게 상승하여 남편이 마지막으로 기록한 정월 초 금액은 작년 초에 비해 3할도 더 되게 늘어난 액수였다.

한참을 망연자실해 앉아 있던 박씨의 미망인은 긴 한숨을 내쉰 뒤

장롱을 뒤져 그 누옥의 집문서를 찾아 들고 집을 나섰다. 그러나 읍내 부동산에서는 그것이 이미 이전 금지 및 가처분 신청 되어 있는 물건이라는 사실을 미망인에게 알려주었다. 집에 돌아온 그녀는 아들에게 전화로 울면서 그 사실을 알렸다.

어머니를 모셔가기로 예정된 다음 날, 아들 내외는 밤이 이슥해지도록 연락 불통인 채 나타나지 않았다.

3

2007년 시월 초, 미국 시카고에 사는 골드먼(37세) 씨는 유대교 신년 명절 축제를 앞두고 시나이 반도의 유명 휴양지로 팔레스타인과 인접한 타바 시의 한 고급 호텔에 가족을 데리고 도착했다.

골드먼 씨는 시카고 상품거래소에서 다년간 일했던 경험을 살려 이 년 전부터 상품 선물옵션 거래 중개를 하는 개인 투자회사를 차려 짭짤한 재미를 봐왔다. 그 해 들어 최고 수익을 올린 거래 부문은 곡물, 그중에서도 사료 가격 상승으로 값이 천정부지로 솟고 있는 옥수수 선물거래에서 시세 차익을 신나게 챙긴 것이다.

그 여름에 발생한 돼지 파동이 악화시킨 중국의 고인플레 흐름에 대응하기 위해 미국 연방준비제도이사회가 내린 처방은 달러화 가치 하락과 함께 수입 물가 상승을 가속화시켰을 뿐, 세계적 인플레는 피하기 어렵게 되었다. 하지만 골드먼 씨와 같은 선물거래 중개인들에게 있어 인플레란 한몫 단단히 챙길 수 있는 황금의 기회이기도 하다. 골드먼 씨는 약간의 시세 조작과 내부자 정보 확보를 통하여 지난 두 달 사이만 해도 무려 80만 달러에 이르는 차익을 남겼다. 물론 법망에 걸리면 불공정거래로 처벌을 면할 수 없겠으나, 뉴욕 월가나 시카고 옵션 시장의 어느 바보가 그 정도 안전장치도 없이 덤비겠는가.

마침내 여름휴가도 제쳐두고 '열심히 일한' 그는 '떠나'기로 작정했고, 그의 조부의 나라이며 그 자손으로서 늘 마음속에 그려 온 이스라엘 방문을 유대력으로 신년 명절인 시월 초에 맞춰 가족 휴가 겸 단행한 것이었다. 명절 기간 동안 3만 명 이상의 이스라엘인들이 몰려올 것으로 예상되는 이 반도 휴양지에서 홍해 바다가 한눈에 보이는 전망 좋은 호텔 방을 구한 것부터가 골드먼 씨에게는 꿀 같은 황금 휴가의 전조로 생각되었다.

그는 호텔 레스토랑에 만찬을 예약한 뒤 저녁식사 전에 주변을 좀 산책하고 오겠다고 나간 아내와 두 아들이 호텔 입구에 서서 어느 방향으로 갈지를 두리번거리고 있는 뒷모습을 창을 통해 흐뭇하게 내려다보았다. 그리고는 자기 행운을 자축하려 샴페인 병을 집어 들었는데, 바로 그 순간 호텔을 향해 돌진하는 검록색 밴 차량을 발견한 그는 비명을 질렀다. 굉음과 함께 천지가 흔들렸다.

사흘 뒤, 그는 미국으로 돌아가는 환승 여객기를 타기 위해 카이로 국제공항 탑승자 대기실에 얼굴을 두 손에 파묻은 채 앉아 있었다. 그의 옆에는 아내도 아이들도 보이지 않았다.

특사를 기다리는 사람들

A : 형씨, 나이도 연만해 뵈는데 어쩌다 여길 들어오게 됐소?

B : 이 년 전 미술품 대량 위작 논란으로 떠들썩했던 사건 기억하시우? 그 유명한 M 화백 그림 말이오. 내가 그 소장자인데 진위 판명 소송에서 패소했다오. 그러는 그쪽도 나보다 그닥 젊어 뵈지 않는구먼, 언제 어떻게 들어왔수?

A : 아, 나야 형씨보단 신참이요, 일 년밖에 안 됐으니. 거, 묘한 우연이구랴…. 나는 바로 그 M 화백 유족한테서 진품들을 사서 경매에 내놨던 화상인데, 그것들이 위작이라고 판명되는 바람에 불법 유통죄를 짓게 된 거외다. 자빠져도 이마빡이 깨진다는 것이 바로 이런 경우를 두고 하는 말이요.

B : 허어, 그것 참. 우린 그러고 보니 선의의 피해자요, 동병상련의 처지구려. 근데 거기 옆에 쭈그리고 있는 노인네는 그쪽보다도 더 신참 같은데, 상태가 영 안 좋아 뵈네? 저래 가지고야 여기서 얼마 못 버틸 텐데…….

A : 글쎄요… 저렇게 시원찮다 보면 이번 특사 명단에 고참인 우리를 제끼고 우선순위에 오를지도 모르니 마냥 동정할 일은 아닌 것 같소만. 그나저나 뭔 일로 저 고령에 이 처지가 됐는지 한번 알아나 봅시다. 이보시오, 영감님, 우리 둘보다도 힘든 나이에 어째 이 고생을 하게 된 겁니까?

C : 어, 나요? 그게… 어… 나는… 당신들 얘기 속에 나오는 화가 M이요, 그 그림들을 그린. 내가 죽은 걸로 발표된 다음에 그린 작품들은 위작인 셈이니 위품 제작의 죄가 성립된 거요. 작고 시점부터 그림 값이 더블로 뛰고 수요가 늘어나 더 많이 그려야 했소. 숨어 살자니 건강이 많이 나빠져서 하루는 변장하고 병원에 갔다가 들통이 나고 말았지. 아무려나, 이젠 가족이 나 없어도 살 만큼 벌어 놨으니 여한은 없소만…….

해부학적 처녀

남자가 욕실로 들어가고 나자 여자는 봄날 고양이처럼 노골노골해진 몸을 주홍빛 새틴 시트 아래 폭 파묻고 지그시 눈을 감았다. 뭐가 잘못됐는지 피는 나지 않았지만 드물게 그러는 경우도 있다고 들었으니 상관없었다. 방금 전 남자가 괴성과 함께 몸을 떨며 보여준 강렬한 절정감을 확인했다는 사실만이 중요했다. 그 순간을 머릿속에서 재생하니 온몸에 은근한 쾌감이 다시 일었다. 아! 정말 탁월한 선택이었어. 여자는 이처럼 멋진 결과를 가져온 자신의 현명한 결단에 새삼 감탄하며 만족한 미소를 지었다. 모든 조건이 상당히 수준급인 이 남자는 이제 그녀 손아귀에 들어온 거나 다름없었다.

여자는 나이나 미모나 경제적 능력에서나 뭐 하나 뒤질 것 없는 자기가 결혼상담소에서 소개받은 남자가 마음에 들어 함께 잠자리만 했다 하면 퇴짜를 맞곤 했던 과거의 설움이 한꺼번에 해소되는 느낌이었다.

그녀를 차버린 후 그들이 찾은 다음 상대는 반드시 처녀이거나 혹은 결혼 경력이 있더라도 아이를 낳아 보지 않은 여자라는 후문을 듣고 나서 취한 작전이 마침내 성공한 것이다. 물론 속칭 이쁜이 수술로 통하는 그것을 시술받을 결심을 하기까진 많이 망설였었다. 생살을 자르고 꿰매고 하는 살벌한 과정이 어릴 적부터 신체적 통증에 민감한 그녀로선 쉽게 엄두가 나지 않았던 것이다.

그런데 미장원에서 머리를 손질 받다가 옆자리 손님들이 주고받는 얘기를 우연히 듣고 찾게 된 그 산부인과에서 그녀의 두려움은 간단히 해결되었다. 첫 방문 날 진찰대에 누운 그녀의 음부를 한참 들여다보고 난 깐깐하게 생긴 여의사가 이런 진단을 내린 덕분이었다.

- 아이 둘쯤은 낳으신 거 같지만, 이 정도면 디엘비도 가능합니다.

- 디엘비라뇨?

- 아, 디자이너 레이저 회음성형술 말입니다. '디자이너 레이저 바지노플라스티'의 약자죠.

- 디자이너…라면 무슨……?

- 맞춤 성형술이란 말입니다. 이를테면 파트너의 규격이나 취향에 맞춰 시술을 한다든가, 성경험 이전의 상태로 복구한다든가 하는, 뭐 그런 것들요.

- 아… 예에! 전 그냥 아이 낳기 전 상태로만 돌아갈 수 있음 좋겠는데……."

- 그래서 드린 말씀입니다. 디자이너 시술도 여러 종류지만 그런 정도의 복구는 레이저 시술로도 가능하거든요.

레이저 시술이라. 칼을 대지 않겠다는 얘기가 아닌가! 그녀는 사흘 뒤로 수술 예약을 했다. 내친김에 조금만 더 투자하면 받을 수 있다고 의사가 권한 모종의 추가 시술도 포함한 패키지 예약이었다. 여자는 집에 돌아와 남자에게 이렇게 전화했다.

다음 달 초에 저 휴가 받을 게요. 전번에 말씀하신 데로 우리 놀러 가요.

남자는 아이처럼 좋아하면서 여행에 필요한 모든 걸 자기가 알아서 최고로 준비하겠다고 말했고, 여자는 그런 그가 자신이 제공할 수 있는 최고의 것으로 보답받을 가치가 있는 남자라는 확신을 굳혔다.

당신은 대단한 여자야!

욕실에서 나온 남자는 시트를 들치고 들어와 여자를 등 뒤에서 끌어안으며 귓불에 대고 뜨겁게 속삭였다.

아이 둘을 낳고도 그런 몸을 가졌다니!

여자는 순간 당황했다. 아이 둘? 아니, 어떻게 안 거야? 상담소에서 대외비 정보를 잘못 흘렸나? 수년간 동거했던 그녀의 첫 남자가 데리고 간 아이는 그녀의 호적에 아무런 흔적도 남기지 않았다. 더구나 낳자마자 호흡곤란으로 죽어 버린 그 애의 쌍둥이 동생에 대해서 아는 사람은 자기 말곤 첫 남자와 친정어머니밖에 없는데 상담소에서 알 리가 없잖은가. 헌데 어떻게? 여자는 어쨌거나 시치미를 떼기로 마음을 다잡았다.

아이라뇨? 저 결혼한 적 없어요. 어째서 그런 억측을 하시는 거죠?

흘흘. 남자가 야릇하게 웃으며 대꾸했다.

난 관계를 해보면 단박에 알아. 뭐, 숨길 거 없어요. 근데 두 아이 중 하나는 누가 데리고 사는 거요? 당신은 아닌 것 같고, 애 아버지도 아니던데? 하긴 뭐, 내가 상관할 바 아니지. 자아… 이리 좀 돌아누워 봐요. 우리 다시 한 번…….

여자는 자리를 박차고 일어났다. 정신없이 옷을 챙겨 입고 호텔방을 뛰쳐나왔지만 이국의 풍경이 눈앞을 가로막자 다리에 힘이 스르르 풀렸다. 이 년 전 상처한 후 집과 직장만 오가며 외롭디외롭게 살아온 처지로 그녀처럼 순수한 여인을 만나 새 삶을 꿈꿀 수 있게 되리라곤 생각지 못했다고 세 번째 만남에서 거의 울 것 같은 표정으로 고백하던 남자였다.

남자가 뒤이어 쫓아오는 기척이 느껴지자 여자는 해변 쪽으로 무작정 달렸다. 남국의 바닷가엔 대여섯 살 되어 보이는 까무잡잡한 아이들이 한 떼 모여 앉아 뭔지 모를 놀이에 몰두해 있다가 이방인을 보자 호기심 많은 까만 눈동자들을 반짝이며 쳐다보았다. 그녀는 첫 남자가 병원에서 핏덩이로 데리고 간, 지금은 이 아이들만큼 자랐을 아들이 눈에 어른거렸다. 죽은 아이의 파랗고 조그맣던 몸통도 함께 떠올랐다.

여자는 갑자기 아랫배가 묵지근해지면서 해산 전 첫 진통 때와 같은 느낌이 엄습해 왔다. 그녀는 모래밭에 무릎을 꿇으며 배를 움켜쥐었다. 뜨거운 물기가 두 눈 가득 고여 올랐다. 조금 전까지 해부학적 처녀였던 여자는 마치 진통을 겪는 임산부처럼 이를 악물고 내뱉는 자기 신음 소리가 민망하여 고개를 한껏 떨구었다. 하얀 모래 위에 검게 젖은 반점이 하나 둘 생겨나기 시작했다.

효율

우희는 인터넷을 뒤져 알아낸 S 간판기획에 전화를 걸었다. 대표전화를 받은 직원이 자기네는 간판을 제작만 할 뿐이며, 철거를 전문으로 하는 사람들이 따로 있다며 핸드폰 번호를 하나 가르쳐 주었다. 감미로운 보사노바풍 멜로디가 일 분쯤 울린 후 윤기 있는 젊은 남자의 음성이 싹싹하고 예의바르게 우희의 용건을 접수했다. 그러니까 사모님, 금호동 P 아파트 상가 103호 치킨호프 '꼴까닭'의 정면간판과 입간판 도합 두 개를 철거해 달라는 말씀이시죠? 비용 견적은 이따 저녁 여덟 시쯤 현장에 나가 본 후 전화 드리겠습니다. 좋은 하루 되십시오. 딸깍.

카드빚을 산더미처럼 지고 몇 년 그런대로 꾸려가던 호프집마저 나 몰라라 팽개치고 잠적해 버린 남동생이 은밀히 부탁한 뒤처리가 만만치 않았다. 우선 세금 문제 때문에라도 폐업신고를 해야 했고, 부동산에 가게를 내놓아 권리금을 다만 일부라도 건지기 위해 비슷한 업종의 임대자를 찾아야 했다. 두 달 이상 비워 둔 끝에 간신히 얼추 조건이 맞는 업자가 하나 나타났는데, 상호를 보더니 자기는 쫄까닥 망하기 싫으니 이름을 바꿔 달아야겠다며 지금 간판은 전 업주 측에서 치워 줄 것을 요구했다. 오십 평생 독신으로 생활을 꾸려 왔지만 직장인 대학 도서관과 집만 왔다 갔다 하며 살아온 우희로선 그 일이 매우 난감하게 여겨졌다.

그녀는 엄두가 나지 않아 몇 날 며칠을 걱정하던 그 일이 전화 한 통화로 해결되리라곤 기대하지 않았다. 그래서 그 철거 전문가란 사람과 가게 앞에서 일단 만나서 일을 맡기든 어쩌든 하리라 생각했는데, 약속을 정하고 말고 할 새도 없이 일방적으로 상황을 정리하고 전화를 끊는 그 젊은이의 방식이 자못 섭섭하게 느껴졌다.

일 끝나고 수고비 줄 때 어차피 만나게 될 텐데, 뭘. 우희는 그의 젊고 싱그러운 목소리가 연상시키는 어떤 이미지를 떠올리며 혼자서 얼굴을 붉혔다. 청춘 시절 그녀의 우상이었던 중견 탤런트 R씨는 요즘도 이따금 그녀의 꿈속에 새파란 젊은이로 등장했다. 꿈속에서 그는 늘 그녀를 애타게 짝사랑했다.

저녁이 되자 정확하게 여덟 시에서 십 분쯤 지난 시각에 철거 전문가는 전화를 해왔다.

“사모님, 견적이 큰 것은 이십만 원, 작은 것은 십만 원, 도합 삼십만 원 나오는데, 하시겠습니까?”

생각보다 좀 비쌌지만 우희는 따질 생각이 없었다.

“네, 깨끗이만 해주세요. 자국 남지 않게요. 그리고… 일은 언제 끝나…….”

“아, 요즘 일이 밀려 작업을 내일 밤에나 해야 할 거 같습니다. 모레 확인해 보십시오.”

“그럼 확인하고 나서 어떻게 만날까요? 수고비 드려야잖아요.”

“아, 철거비요? 그건 작업 마친 후 제가 문자메시지로 계좌번호 알려 드릴 테니 그리로 입금해 주시면 됩니다. 감사합니다. 좋은 밤 되십시오.”

그날 밤은 우희에게 좋은 밤이 되지 못했다. 허전한 가슴을 안고 뒤척이다가 잠든 그녀의 꿈속에서 R씨가 치킨호프 ‘꼴까닭’에 동생의 빚쟁이로 나타났다. 빚 삭감을 빌미로 우희에게 치근덕거리는 그는 더 이상 이전의, 가슴 설레고 안타까운 미남 청년이 아니라 머리가 벗어지고 뱃살 두꺼운 중년의 장사꾼이었다. 최근 한 드라마에 조연 출연하고 있는 그대로였다.

이틀 뒤 우희는 간판 철거를 확인하러 금호동까지 가지 않았다. 대신 그 철거 전문가에게 전화를 걸어, 간판이 철거된 가게 전면을 카메라폰으로 찍어 자기 핸드폰에 전송해 줄 것을 요구했다. 사진을 확인하는 즉시 철거비는 알려 오는 계좌에 입금하겠다는 의사도 전했다. 기왕에 그렇게 진행된 일, 좀 더 효율을 보태서 나쁠 것도 없다는 게 그녀의 생각이었다.

현모열전賢母列傳

'조용한 아침의 나라'로 불리는 한 동방국에서 어느 날 나랏님의 지시로 '장한어미대회'라는 것이 열렸다. 나라 방방곡곡에서 각계각층의 아낙들이 구름처럼 몰려들어, 그 행사는 당시 선풍적인 인기를 누리며 해마다 열기를 더해 가던 '규수맵시대회'를 능가하는 성황을 이루면서 거행되었다. 팔도의 수십 개 고을에서 엄선해 올려 보낸 후보들은 하나같이 쟁쟁한 이력을 지닌 여인들로서 우열을 가리기 힘들었으나 결국 고명한 조정대신들로 구성된 심사위委의 신중한 판단에 의해 세 사람의 수상자가 탄생하였다. 그들은 각각 맹자어미상賞, 석봉어미상, 율곡어미상에 해당하는 상패와 함께 그들이 사는 마을 입구에 어사화御使花 문양을 새긴 홍살문을 세워 공적을 자자손손 기억하게 하겠다는 나랏님의 언약을 부상으로 수여받았다.

그 대회가 열리게 된 본래 취지는 당시 그 나라가 심각하게 봉착해 있던 인재 기근 현상을 해결해 보려는 조정의 노력과 연관된 것으로 백성들에게 인재양성의 중요성을 인식시키고 그에 대한 책임의식을 함양하자는 데 있었다. 그러므로 수상자를 선정함에 있어 자식을 인재로 길러내고자 하는 실천적 의지가 얼마나 투철했는가를 평가 기준으로 삼은 건 당연한 일이었다. 그날 뽑힌 세 수상자에 대한 선정 이유를 적은 방문榜文은 이후 나라 안 각 고을 수령들에게 전달되어 관청 담벼락에 나붙었는데, 이에 자식 가진 아낙들이 크게 자극을 받아 그들은 현모삼절賢母三絶로 추앙받으며 그 나라 규방 문화에 지대한 영향을 미쳤다고 출처미상의 한 문헌이 전하고 있다. 여기에 한문으로 된 그 방榜의 내용을 오늘의 독자를 위해 현대어로 옮겨 보니 온고지신溫故知新의 자료로 삼으시기 바란다.

一. 맹자어미상

본 상을 받는 서울 강남골의 복씨 부인은 맹모삼천지교孟母三遷之敎의 지혜를 일찍이 터득하여 자식을 장안의 유수 학당에서 공부시키고자 수차례의 이사를 통해 자식이 최고의 여건 속에서 학문의 기초과정을 이수할 수 있도록 힘썼고, 자식이 십육 세에 이르러 나라 안의 학제에 불만과 적응의 어려움을 표시하자 지체없이 대국大國 유학의 길을 주선하여 그곳 수도의 일류 사학私學에서 해당 과정을 마칠 수 있도록 했으며, 자식이 그 후 상급 학당 진학에 회의를 느끼고 방황하자 집안의 옥답沃畓을 일부 처분하여 그 학당에 기부금을 냄으로써 단기간에 졸업이 가능하도록 손을 써서 자식이 내로라할 학력을 지니고 금의환향할 수 있도록 조치했으며, 자식이 귀국 후 세도가의 집안과 혼사를 성사시켜 집안의 가업인 토지매매중개업을 조정의 이해利害와 상호부조하는 관계에서 번창시켜 나갈 수 있도록 하였으매, 자식의 성공을 위해 체면에 얽매이지 않는 그 맹렬한 실리주의적 노력을 높이 사 수상자로 선정한다.

二. 석봉어미상

본 상을 받는 황남도 용고을의 금씨 부인은 유복자로 낳은 두 살 된 어린 자식이 지극히 영특함을 보이매 영재교육을 시키기로 마음먹고 이십 리 떨어진 곳의 한 유명한 서당으로 일 년 삼백육십오일 비가 오나 눈이 오나 자식을 업어 나르며 공부를 가르쳐 왔다. 그 서당은 특수영재교육을 하는 곳으로 금씨의 자식은 특히 어학에 재능이 있어 대국어大國語를 집중적으로 공부시켰는데, 이는 그 어미의 시대를 읽는 안목이 범상치 않음을 드러내 주는 것으로 주위 사람들이 모두 그 탁월한 교육적 선택을 칭송하였다. 그러나 남편을 여의고 혼자 힘으로 어렵게 살아가던 금씨는 그때까지 해오던 삯바느질과 품앗이 노동으로는 그 특별한 서당의 엄청난 학비를 감당키가 어려웠으매 숙고 끝에 성내의 가장 큰 주막에서 술을 치는 접대부 일을 하기 시작했으니 수입이 크게 늘어 자식의 학자 비용을 넉넉히 댈 수가 있게 되었다. 그러는 중에도 틈만 나면 자식을 앉혀 놓고 그동안의 배운 것을 큰 소리로 외우게 했는데, 그럴 때면 자신이 술청에 나가서 창을 할 때 두드리는 장고를 가져다가 곁에서 운율을 넣으며 지켜보매 자식의 공부가 일취월장 아니 할 수 없었도다. 그리하여 그 자식은 십삼 세에 나라에서 주관하는 대국어 통역고시에 장원 합격하기에 이르렀으니 이후 대국과 관계하는 관리나 무역상 또는 대국 사절들의 고용 요청이 쇄도함에 따라 이제 약관 이십 세에 나라 안에서 가장 벌이가 좋고 촉망받는 젊은이로 인정받게 되었으매, 그 어미 금씨의 눈 밝은 선견지명과 자기희생적 투자를 높이 인정하여 수상자로 선정한다.

三. 율곡어미상

본 상을 받는 해동도 능고을의 지씨 부인은 그 지역의 손꼽는 사대부 가문의 정경부인으로서 서화書畵에 출중한 조예가 있어 일찍이 처녀 적부터 이름이 난 사람이다. 마흔이 넘어 뒤늦게 자식이 태어나자 어려서부터 자신이 직접 지도하여 서화의 기초를 익히게 하는 한편 고명한 선생들을 집에 모셔 와 사서삼경 등의 고전 교육은 물론 수리학數理學, 의학醫學, 악학樂學, 천문학을 아우르는 광범위한 교육을 실시하여 사통팔달의 지식인으로 키워 내고자 힘쓰니 그 자식이 십팔 세에 이르러 근동에선 이미 그의 학문에 필적할 자가 없으매 서울 유학을 보내게 되었다. 자식이 서울의 최고 국립학당에서 수학하는 동안 그 어미는 수시로 올라와 그의 경쟁력을 점검하고 한시도 뒤처짐이 없도록 독려했으니 자식은 어미의 그러한 기대와 열의에 힘입어 동학同學들을 제치고 승승장구 선두로 학업을 진전시켰더라. 금년에 졸업함과 동시에 나라에서 실시하는 과거科擧 예비고시에서 장원을 하였으니, 주위에서 내년 본고시에서도 장원을 하리라 촉망받는 가운데 귀향하여 정진하고 있으매 그 어미 또한 밤낮을 함께 지새우며 자식의 공부를 뒷바라지함에 있어 추상같은 꼿꼿함과 화로 같은 열정을 견지하니 이웃의 감탄을 자아내더라. 이에 지씨의 앞서가는 종합적 교육 감각과 시대흐름에 부합되는 무한경쟁 이념을 널리 고취한 공을 높이 평가하여 수상자로 선정한다.

흥미롭게도 그 저자 미상의 문헌에는 마지막 쪽에 가서 일종의 에필로그 형식의 글이 덧붙여져 있는데 그 내용이 이러하다.

'장한어미대회'는 그로부터 수십 년간 이어지며 해마다 권위와 성과를 더해 갔는데 수많은 이상적 어미의 전범典範을 탄생시킴으로써 나라 역사의 주역이 될 인재를 배출하는 데 혁혁한 공을 세웠다. 그러나 인간사 모두가 그렇듯이 도중에 부정적 결과로 나타나는 사례도 왕왕 있어서 인재들의 일탈적 행위 즉 자살, 국정 사범事犯, 국제 사기 따위로 물의가 빚어지기도 했다. 그럼에도 도도히 뻗어 나가는 여인들의 치열한 교육열은 쇠할 줄을 몰랐으니, 한때 어느 이름 없는 선비가 그 첫 수상자들을 맹모삼졸盲母三拙이라 일컬으며 혹평하여 논란을 일으킨 일은 오호, 부질없는 붓놀림의 경망에 불과했도다.

푸른 장미

유토피아생명공학연구소의 Q 박사는 십 년 넘게 푸른 장미 개발에 몰두해 왔다. 십여 년 전 라이벌 관계에 있던 외국 연구소의 한 학자가 다른 꽃에서 추출한 파란색 유전자를 이용해 푸른 카네이션을 개발해 낸 것에 자극받은 그는 영어에서 '있을 수 없는 것'을 뜻하는 말로 쓰여 온 블루 로즈, 즉 푸른 장미의 창조에 도전하기로 결심했었다.

Q 박사는 피튜니아의 파란색 유전자를 수입해 집어넣어 보기도 하고, 도라지에서 추출한 파란색 유전자로 장미의 형질을 전환시켜 보기도 하고, 오래된 파란 염료인 인디고를 만들어내는 박테리아의 유전자를 이용해 보기도 했다.

그러나 장미는 제 뾰족한 가시만큼이나 날카로운 저항을 하며 본래의 자기 색깔을 고집했다. 문제는 장미의 액포에 있었다. 세포 내소

기관인 액포에 주로 색소가 모여 꽃의 색깔을 결정짓는데, 장미의 액포는 산성을 띤다는 점이 걸림돌이 되었다. 파란색을 내는 색소는 알칼리성에서만 파란색을 띠고 산성에서는 색을 내지 않는 것이 이유였다.

갖가지 실험 끝에 Q 박사는 드디어 액포의 성질을 마음대로 바꿀 수 있는 어떤 결정적인 단서를 찾아냈다. Q 박사가 그 비밀한 단서에 근거해 개발한 유전자 변형 기술은 진정 획기적인 것으로, 장미뿐 아니라 어떤 꽃도 원하는 빛깔로 육종해 낼 수 있는, 현대 식물유전공학의 개가였다.

이후 몇 년 간 Q 박사는 특허 출원한 그 유전자 변형 기술을 통해 푸른 장미를 개발해 세계 시장에 내놓음으로써 많은 돈을 벌었고, 그 돈을 재투자하여 갖가지 다른 꽃들의 색상 변형 연구를 성공시킴으로써 국제화훼산업에 지각변동을 일으켰다. 세상에는 이제 분홍 개나리, 노랑 진달래, 검은 백합, 보라색 해바라기 등등 이전엔 '있을 수 없는 것'으로 알려졌던 빛깔의 꽃들이 흔하게 나돌아다니게 되었고, 사람들은 처음엔 그토록 신비하게 생각하여 꿈의 꽃으로 불렀던 푸른 장미를 희거나 붉은 장미와 똑같이 평범한 것으로 여기게 되었다.

머지않아 Q 박사는 새로운 프로젝트에 착수했다. 여하한 유전자 변형 자극에도 본래의 색상이 보존되게 하는, 식물액포 원형질체에 대한 역방향 연구의 필요성을 느낀 때문이었다.

이후 수년간 그는 아직껏 유전자공학의 영향이 닿지 않는 지역의 희귀종 샘플을 채집하기 위해 세계 각지의 산과 들을 뒤지고 다니느라 학계를 거의 떠나다시피 했으며, 급기야 모종의 풍토병을 얻어 거의 빈사지경에서 집으로 돌아왔다. 건강을 잃어 적극적인 연구 활동을 할 수 없게 된 그는 일단 자기 집 마당에 그동안 채집한 수십 가지 낯선 품종의 식물들을 심어 보았다.

이듬해 봄이 되자 성공적인 이식이 이루어진 몇몇 종의 꽃들이 봉오리를 맺기 시작했다. 그중에는 고산지대 오지에서 가져온 푸른 빛깔의 장미과 식물도 끼어 있었다.

그해 가을 Q 박사는 유토피아생명공학연구소에 자신이 연구 목적으로 채집한 희귀종 식물을 모두 기증했다. 단, 고산지대 푸른 장미는 제외시켰는데, 그 이유를 Q 박사 자신도 잘 몰랐다.

신화

L 시인은 한평생 병치레를 했던 사람이었다. 젊은 시절의 폐결핵, 위궤양으로부터 시작하여 중년 들어 천식, 신부전증, 당뇨 등에 시달리다가 노년에는 전립선염, 녹내장, 류머티스에 이르기까지 산부인과를 제외한 종합병원 진료과목을 거의 망라할 정도의 다채로운 병력을 지니고 있었다.

그러나 그러한 병약한 신체의 모든 악조건을 보상하듯이 그는 시인으로서 겸허하게 정진하는 재능과 사회적 소명에 대한 비상한 의지와 종파를 초월하는 깊은 종교성을 발휘하여 한 시대의 지성으로서 유감없는 귀감을 보여준 인물이었다.

어느 일기 순후한 봄날, L 시인은 수백 년 묵은 거대한 거북처럼 느릿한 숨을 한 번 크게 내쉬고는 팔십 평생 병고에 짓눌렸던 자신의 육신을 마침내 떠나갔다.

죽기 전에 딱 석 달만 준비할 시간을 주십사고 늘 기도한다네.

평소에 입버릇처럼 주위 사람들에게 하던 말과 달리, 아홉 달 전 폐렴 치료를 위해 입원했다가 심근경색이 덮쳐 중환자실로 옮겨와 누운 지만도 여섯 달째였다. 그사이 가족들은 그가 너무 오래도록 고생하는 게 안타까워 어째서 그처럼 진실된 사람의 소박한 소원을 하늘이 들어주지 않는지 때로 원망스런 마음이 되기도 했다.

각박한 요즘 시대에 보기 드물게 많은 추도 인파가 모여든 성대한 장례식이 치러진 후, 그와 생전에 관련했던 몇몇 사람들이 모인 사석에서 누군가가 흥미로운 이야기를 했다.

"L 선생님은 정말 하늘이 내신 분이야. 지난 번 문병 갔을 때 꺼져가는 목소리로 말씀하시더라구. 간신히 알아들었는데, 당신이 석 달만 더 있다 가게 해달라고 기도하신다는 거야. 그게 글쎄, 돌이켜보니 딱 석 달 전 일이었어."

좌중은 모두 깊이 감동하며 머리를 끄덕였다.

그 후 그 이야기는 꼬리에 꼬리를 물고 전해졌는데, 몇 달 뒤 어느 시사 월간지에서 인물 특집으로 그의 삶을 다루면서 뽑은 헤드라인 제목이 이와 같았다.

'하늘과 소통했던 우리 시대의 예언자 L 시인'

일의 개념

실로 오랜만에 그녀는 목욕탕에 갔다. 지난 두 달가량 사흘에 한 번 정도 집에서 샤워하는 걸로 모든 피부 위생을 해결해 온 터였다.

가을 비는 추적거리는 데다, 원고 마무리 작업으로 며칠 밤을 새다시피 지낸 끝이라 몸 어느 한 구석 쑤시지 않는 곳이 없었다. 원고를 잡지사에 전송하기 전에 그 원고의 발복을 비는 마음에서 목욕재계하리라는 명분에 그러한 몸의 컨디션이 보태져 생겨난 결정은 전에 없이 때밀이 서비스를 받는 것이었다.

원고료 수입이 생기면 최소한 십일조는 자기 자신만을 위해 쓴다는 신조에 따르자면 예상 가용 금액이 3만 원 정도로서 그 절반에 해당하는 때밀이 수고비는 사실 좀 과용이라는 느낌이 없지 않았다.

그러나 수술대 위의 환자마냥 플라스틱 평상에 누워, 때 밀 준비를 하는 아주머니의 등을 쳐다보니 등판 가득 부항을 뜬 자국들이 붉은 낙인처럼 찍혀 있었다.

'세상에, 이 일이 얼마나 고되면 저렇게까지! 저이의 중노동에 비하면 1만 5천 원이란 수고비는 사실 결코 비싼 게 아니야. 그럼, 그렇고말고.'

이렇게 생각을 고쳐먹은 그녀는 좀 거칠다 싶게 밀어 대는 아주머니의 손길에 살갗이 따가웠지만 황감한 마음으로 찍소리 않고 몸을 맡겼다. 그런데 어깨 부분에 이르러서 너무 세게 밀어 대는 바람에 자신도 모르게 비명을 지르고 말았을 때 아주머니는 홍홍 웃으며 말하는 것이었다.

"아따, 사모님 뭘 그리 엄살이다요. 딴 사람들은 그거보다 살살 밀면 시원하도 않타 한당게로. 여그 아파트 사모님들은 험한 일 않고 사는 팔자들잉게 몸들이 모다 노골노골하당게요. 근디, 사모님은 시방 오십견이라도 왔능가 뵈?"

"아뇨, 그게 아니라 내가 머리하고 눈 많이 쓰는 일을 하고 사는 처지라 만성 견비통이에요."

"뭔 일을 하신다고라?"

"저어… 그게, 저… 글 쓰는 일 하거든요, 내가."

"아, 그래라? 긍게 붓글씨를 너무 많이 써분 게라 잉?"

"아니, 그게 아니고 글을 쓰는……."

"이리 뒤집으시요이. 거게는 고만 밀제라."

뭐라 고쳐 대꾸할 새도 없이 그녀는 아주머니의 억센 손길에 떠밀려 도로 등을 바닥에 댄 자세로 눕혀졌다. 아주머니는 다시 처음 시작했던 부위부터 밀어 대며 조곤조곤 타이르듯 말했다.

"아이고, 사모님 이보씨요. 건피가 겁나게 밀리부리네요. 자주 좀 오시요이. 지가 잘 해드릴 텡게. 전신 마사지도 좀 허시고. 갈철엔 자주 좀 쭈물러 놔야 피부가 찰지당게."

"마사지는 얼만데요?"

"뭐 종류벨로 다른디, 기본이 5만 원이지라. 단골로 댕기시면 4만 원에도 해드리고."

"마사지 받는 사람 많아요, 요새? 경제도 어려운데……."

"이전만 못하지요이. 혀도 하루에 서넛은 받지라."

잠시 후 때 미는 것을 마친 아주머니가 마무리 비누칠을 하고 샤워기로 몸을 헹궈 주는 동안 그녀는 모종의 수학에 정신을 팔았다. 그 '목욕관리사'의 어림잡은 하루 평균 수입이 지난 두 달간 자신이 노동한 대가로 받게 될 원고료 수입의 육십분의 일과 비교하여 얼마만큼 차이가 나는지를 가늠해 보니 너무 엄청나서 믿어지질 않아 자꾸만 속셈을 거듭했다. 그러느라 아주머니가 그녀의 등판을 찰싹 소리 나게 치며 이를 때까지 평상을 비울 생각을 못 했다.

"사모님, 다 됐싱게 어서 일어나시요이. 다른 손님 또 받아야 항게."

그제야 정신이 든 그녀는 미안해하며 평상에서 내려와 목욕탕 중앙으로 나가다가 아주머니한테 맡겨둔 옷장 열쇠를 깜빡 잊고 온 것이 생각났다. 다시 때 미는 곳으로 가노라니 옆자리에서 일하는 동료에게 웃으며 얘기하는 아주머니의 목소리가 들려왔다.

"놀러만 댕기는 사모님들은 우리거치 일하는 여자들 사정을 통 모른당게. 글씨 쓰는 취미 활동 겉은 거야 시간 다툴 일이 뭐 있간디?"

우리들의 신발 한 짝

운동회가 끝났지만 아이들은 곧바로 집에 가고 싶지 않았다. 여러 마을에 흩어져 살지만 평소 놀 때 죽이 맞아 잘 뭉치는 아이들 여남은 명이 학교 후문 앞에 모였다. 길지 않은 가을 해가 기우뚱한 채로 아직은 높았다.

"우리, 요 뒷산에 가서 전번처럼 전쟁놀이 할까?"

무릎에 피딱지가 두껍게 말라붙은 한 아이가 호기롭게 제의하자 눈빛이 반짝거리고 꾀 많게 생긴 다른 아이 하나가 얼른 거들었다.

"그래, 그러자. 이번엔 패를 새로 짜서 붙어 보자. 내 편 할 사람?"

또 한 아이가 나섰다. 살집이 포동포동하고 혈색이 좋은 아이였다.

"그럼, 이기는 편한테 무슨 상이 있어야지. 음… 좋아, 내 운동화를 걸겠어. 니들 알지? 이거 미국 사는 울 삼촌이 보내준 거란 거."

우와아!

피딱지와 꾀돌이가 동시에 환호했다. 그리고 곧 서로를 꼬나보며 각기 기세를 올리는 시늉을 했다.

그때 빙 둘러선 아이들 사이에서 한 아이가 갑자기 외쳤다.

"아 맞다, 내 신발! 신발 찾으러 가야 해, 난."

한쪽 발에만 운동화를 꿴 채 멍한 표정으로 엉거주춤 서 있던 아이였다. 아이들이 일제히 물었다.

"신발? 신발 어디다 뒀는데?"

"몰라, 어디서 없어졌는지. 줄다리기 시합 할 때 벗겨진 거 같기도 하고…. 기마전 할 때 그랬나? 하여간 잊고 있었는데 방금 생각났어. 빨리 찾으러 가야지."

"바보. 멍청이. 그래, 넌 빠져라, 짝발아."

피딱지와 꾀돌이와 포동이가 비웃으며 뒷산을 향해 걸음을 옮겼다. 그와 동시에 짝발이도 한 짝 신발을 마저 벗어들고 학교 운동장을 향해 맨발로 걷기 시작했다.

중간에서 양쪽을 번갈아 쳐다보던 나머지 아이들은 잠시 망설였다. 아직 해는 많이 남아 있지만 뒷산에 가서 놀다 돌아가려면 귀가가 많이 늦어질 것 같았다. 미제 운동화가 탐나긴 했지만 운동화 한 켤레를 여러 명이 골고루 나눠 신을 수도 없었다. 더구나 포동이가 언제 변덕을 부려 도로 뺏어 갈지 모를 일이었다.

무엇보다 전쟁놀이란 것 자체가 이젠 시시하게 느껴졌다. 언제나 장수와 졸개가 정해져 있는 게임에서 승자와 패자는 늘 뻔했고, 대체로 졸개인 그들은 어느 편이 이겨도 별 이득이 없었다.

"우리 그럼 신발 찾기 놀이 할까?"

누군가 조심스럽게 제안했다.

"그래, 그러자! 우리가 같이 찾아 주자."

다른 누군가가 동의하며 맥없이 걸어가는 짝발이의 뒷모습을 턱짓으로 가리켰다.

"그래야 쟤도 우리가 집에 갈 때 갈 수 있잖아."

"맞아. 그게 재미도 더 있겠어. 각자 운동장에 흩어져서 찾아보고 정문 앞에서 만나자."

"좋아! 근데 먼저 찾는 사람한테 무슨 상 있어?"

"상은 무슨…. 찾는 재미지, 뭘!"

"쟤 신발 찾을 때까지 우리 모두 집에 못 가는 걸로 하자. 그러니까 찾으면 다 같이 집에 가는 걸 상으로 하는 거야. 어때?"

"좋아, 좋아."

"그럼 출-발!"

왁자지껄 떠들어대던 아이들은 누군가의 입에서 출발 신호가 떨어지기 바쁘게 와르르 흩어졌다.

해는 조금 더 기울어 대기가 많이 서늘해지고 있었다. 하지만 사방팔방으로 신나게 뛰어다니는 아이들의 열기로 넓은 운동장은 한낮처럼 후끈했다.

높푸르기만 하던 하늘에 엷은 분홍빛이 묻어나기 시작했다. 그 사이 무슨 일이 일어났는지, 운동장의 아이들은 하나같이 맨발에다 손에는 한 짝 신발만 들고 있었다. 정말 무슨 일이 일어났는지, 모두 자신의 다른 짝 신발을 찾아다니고 있었다.

어쩔 수 없다니까

놈의 쿨렁거리고 끈적끈적한 내장들 사이에 끼여 보낸 사흘을 생각하면 나는 지금도 치가 떨린다. 나의 아버지가 내게 요나란 이름을 지어 줄 때는 창공을 훨훨 나는 평화의 새, 비둘기처럼 살라는 뜻에서였다. 그런데 아들이 그 거대한 바다짐승의 캄캄한 뱃속에 처박히는 신세가 되리라곤 상상도 못했을 것이다.

물론 그나마도 하해 같은 그분의 은혜가 있어서 가능했던 일이란 걸 모르진 않는다. 메신저의 소명을 받고 태어난 인간 치고 나처럼 대놓고 반항하고 뺀들거린 자는 유대 역사에 없었다. 내 선대들은 물론 예레미야나 이사야 같은 후대 예언자들도 천형과도 같은 그 소명을 감히 거부하지 못하였다. 하지만 나는 재수 없이 물에 빠져 놈의 뱃속에 갇히기 전까지 에스파냐 땅으로 도망가려고 발버둥쳤고,

그 암흑에서 살아 나오게 해준 대가로 그분에게 덜미 잡혀 할 수 없이 니네베 예언을 수행한 후에도 그분에게 대들고 투덜거렸다. 잠시 회개하는 척하다 얼마 안 가 방약무도한 제 본성을 참지 못해 또다시 우리 민족을 위협할 게 분명한 족속들은 왜 구제해서 내가 낯을 들 수 없게 하시냐고 거품을 물었다. 심지어는 숨어 지내던 초막에서 땡볕을 가려 주던 아주까리나무가 시들어 버렸다고 그분을 원망하며 땡깡을 부렸고, 이렇게 사느니 죽는 게 낫겠습니다, 하고 엄살도 떨었다. 하지만 그분은 내가 받고 태어난 인간의 몸이 겪는 고통들을 별로 알아줄 생각이 없으신 듯했다.

그분은 결국 당신의 심오한 뜻을 제대로 깨닫지 못한 채 2% 모자라는 메신저로 살다 간 나를 지난 삼천 년 가까운 세월 동안 수없이 다시 태어나게 하셨다. 왕으로, 부자로, 거지로, 불승으로, 랍비로, 정치가로, 군인으로, 기생으로, 귀부인으로, 화가로, 음악가로, 학자로, 엔지니어로, 농부로, 어부로, 해적으로, 요리사로……. 수많은 형태의 육신을 입고 거듭 태어나 수많은 형태의 생애를 거쳐온 내가 지금 그 옛날 지중해의 고래 뱃속을 다시 떠올리고 있는 것이다.

이스라엘 가자지구 공습으로 팔레스타인 사상자 매일 수백 명 속출, 말레이시아 여객기 피격 참사 빚어낸 우크라이나 내전, 불붙은 동북아 군비 경쟁-군비 규모 전 세계 60%, 재력가 살인교사 혐의 시의원-정치생명 파국 막으려 범행 결심…….

좀 전에 나는 인터넷으로 주요 뉴스 헤드라인을 훑고 자리에서 일어서다 어지럼증을 느끼며 발을 헛디뎌 넘어졌다. 간밤에 술이 좀 과했던가……. 넘어지면서 책상 모서리에 머리를 세게 부딪힌 것 같다. 어느 부위를 얼마나 다쳤는지 모르겠으나 피가 많이 흐르고 있다.

정신이 혼미해 온다. 시나브로 아픔도 사라지면서 수천 년 전 고래 뱃속에서 점차 적응되며 한없이 편안해지던 그 느낌에 휩싸인다. 이대로 생을 갈아탔으면 좋으련만! 이번에는 그분이 굳이 날 끄집어 내 살릴 생각을 안 하셨음 싶다. 그분 뜻인지 어쩐지 모르겠으나 세상은 내가 다시 고래 뱃속을 벗어나 그분 메시지를 전하든 말든 제 돌아갈 대로 빌어먹게 돌아갈 것이다. 회개하라고 핏대를 세워 외치든 말든, 또 그 소리에 귀 기울여 실제로 뉘우치고 잠시 착해진다손 치더라도 곧 제 싸가지 없는 관성을 회복하여 일용할 악의 양식을 생산하고 먹어 대기를 이어갈 것이다. 인간의 몸은 그렇게 만들어졌다. 정신? 본디 정신머리 없는 게 인간이 타고난 육신 아닌가. 어제도 어지러웠고 오늘은 더 어지럽고 내일은 더더욱 어지러울 것이다. 이제 그만 굿바이, 이 어질머리 세상아!

가만… 이게 무슨 소리지? 피아노 선율이다. 이어지는 청아한 음색의 노랫가락…….

"나의 사진 앞에서 울지 마요 나는 그곳에 없어요~"

젠장, 휴대폰이로군. 금생의 세상에 대한 마지막 예의로 바지 주머니에 손을 뻗어 전화기를 힘겹게 집어 올린다. 여보세요… Y 선생! 오늘 집회 다섯 신 거 알지? 100일 추모행사라 많이들 올 거 같아. 낭송할 거 챙겨 오고. 아흐… 젠장, 된장, 난장! 또 끄집어 올려 뭘 시키시려구요? 하느님 맙소사!

두 시간 뒤, 나는 광장을 빼곡이 메운 군중 앞에 머리에 붕대를 싸매고 서 있다. 잠시 후 나는 체념한 심정으로 그분의 메시지라고 생각되는, 내 안에 고인 말을 전한다.

"오늘은 우리 모두 고래 뱃속에서 다시 태어나는 날……."

내 음성에 꼭 필요한 만큼의 떨림과 애조와 강약이 들어간다.

"우주의 바다로 흘러든 그이들 모두와 함께 다시 태어나는 날……."

시끌벅적하던 군중이 숨을 죽이고 귀를 기울인다. 아, 좋아. 내친 김에 끝까지 잘 읊어 보자. 제기랄! 나는 시인이다.

범의 입맛

-新 호질* -

서쪽 능선 뒤로 붉은 해가 꼴깍 떨어지자 인왕산 큰 범은 부하들을 불러 물었다.

"오늘은 무엇을 잡아먹어야겠느냐?"

범에게 잡아먹힌 사람들이 창귀倀鬼가 되어 범에 붙어 다니며 하수인 노릇을 했다. 그중 범의 겨드랑이에 붙어 다니는 굴각이란 자가 맨 먼저 아뢰기를,

"뿔도 날개도 없이 꼬리가 머리에 붙어 있어 꽁무니를 가리지 못하는 그런 것이 있사옵니다." 했다.

범이 마뜩찮은지 눈썹을 찌푸리며 대꾸했다.

"그래, 내가 너희들을 취했던 것도 꽤 오래전 일이라 그 맛이 잘 생각나지 않는구나. 다만 씹을 것도 별로 없이 뼈가 다글다글한 데다

피도 소금국만 들이켰는지 매우 짠맛이 났던 것 같다. 어째서 그 맛없는 것을 또 권한단 말이냐?"

광대뼈에 붙어 다니는 이올이 나서며 대답했다.

"두령님께서 아직 잘 모르셔서 그렇지 그것이 아주 여러 부류이옵니다. 맛도 제각각이라 잘만 골라잡으면 기름지고 향기롭기가 암소고기 못지않습지요."

이에 입맛이 도는지 범이 군침을 삼키며 채근했다.

"어서 일러 보거라. 어디 가야 가장 육질 좋은 것을 잡아올 수 있겠느냐?"

이번에는 범의 턱밑에 붙어 있던 육혼이 물어 봐줘서 기쁘다는 표정으로 아뢰었다.

"제가 한때 한강에서 사공질을 하며 산 적이 있사옵니다. 당시 제 배를 타고 강 가운데 섬으로 다니던 사람 중에 금패 찬 자들이 있었는데, 이들이 지금도 국사를 논하려 날마다 그 섬에 모여든다 하옵니다. 이자들은 허구한 날 이어지는 갖가지 회합에서 끝없이 말씨름을 벌이면서 특정 신체 부위를 맹렬히 운동시키니, 여럿에서 그 부위만 취해 잡수시면 저 서역에서 귀한 손에게 대접한다는 원숭이 골 부럽지 않은 별미가 아니겠습니까?"

이에 범이 낯빛을 고치며 엄히 이르기를,

"네가 망령된 발상으로 내 정기를 흐려놓으려 하는구나. 대저 군자는 작은 것에 집착하여 불필요한 희생을 초래하지 않는 법. 나는 한 번 움직여 열흘치 양식을 구하려 할 뿐이니, 맛은 웬만하되 영양가 충실한 물건으로 꼽아 보거라." 했다.

굴각이 다시 나서며 조심스레 입을 뗐다.

"두령 마마, 그런 물건이 있긴 했더랬는데 이즈음 와서 그것이 좀……."

범이 눈썹을 치켜세우며 눈을 번쩍이자 굴각은 흐렸던 말꼬리를 다잡았다.

"예, 그것이… 아니 그자들이 얼마 전 무리지어 저자 한가운데 공터에 모여 수십 날을 밤새 촛불 켜들고 떠들어댔던 적이 있사온데, 그 이후 나라의 안정을 위협하는 도당으로 의심받아 의금부에서 그 움직임을 낱낱이 주시하고 있는 터라 최근 들어 그 육질이 변질되었을까 우려되는 바옵니다."

"그래? 그자들의 어떠한 성질을 그리 높이 사 내게 추천하고 싶었던고?"

"예, 마마. 그자들은 인간 세상에서 선비라고 불리는 자들로, 어진 간과 의로운 쓸개, 나라에 충성하는 머리와 백성을 가엾이 여기는 심장, 기민한 눈동자와 지조 있는 수족을 지녔사온데, 지금은 제 뜻을 마음껏 표현하지 못하는 것에 한을 품어 독이 바짝 오른 상태라 그 몸이 두령님 섭생에 이롭지 못할 걸로 사료되옵니다."

범이 느닷없이 큰 웃음을 터뜨렸다. 그런 후 가늘게 실눈을 뜨고 세 창귀를 돌아보며 나직이 일렀다.

"너희 간언을 받아들이겠다. 그 선비라는 물건들은 독이 빠질 때를 기다리마. 오늘은 너희들 살던 농가로 내려가겠다. 좀 거칠긴 하지만 공해가 덜한 건강식으론 너희 부류만 한 것도 드물지. 자, 가자. 어흥!"

날은 이제 완전히 저물었다. 범이 어둠 속에 화등잔 같은 눈을 번쩍이며 산기슭을 향해 돌아서자 창귀들은 부르르 진저리 치며 앞장을 섰다.

* 연암 박지원의 단편 〈호질(虎叱)〉.

불사조의 아침

오늘도 나는 내 동족의 발들이 시뻘건 양념을 묻힌 채 산더미처럼 쌓여 있는 부엌 한구석에서 때를 기다리고 있다. 저 많은 동족의 발들은 내가 나의 성스런 임무를 수행할 시각쯤이면 거의 자취를 감출 것이다. 그만큼 내가 마지막 보금자리로 삼은 이 업소는 장사가 잘 된다. 주인 여자는 나를 신주단지 모시듯 하는데, 내가 이곳에 들어오고부터 장사가 더 불 일듯이 번창하게 됐다는 믿음이 거의 신앙의 수준에 이른 것 같다.

지난해 연말 언젠가 그녀는 전년 대비 매출 증가가 꼭 '따블'을 기록했다고 종업원들과 자축 파티를 연 적이 있었는데, 그날 나는 '불사조'란 애칭을 부여받고 이 업소의 공식 마스코트가 되었다. 하루가 멀다 하고 음식점들이 개점 폐업하는 지독한 불황 속에서 유독이 집만 자꾸 확장 이전 해야 할 정도로 손님들이 미어터지게 북적댔다. 그러니까 불사조란 이름은 이러한 사업운이 어떠한 여건에서도 이어지기를 바라는 주인 여자의 마음이 상징적으로 투사된 것이다. 헌데 공교롭게도 내가 걸어온 삶의 역정과 묘하게 맞아떨어지는 면이 있어 스스로 매우 흡족한 나머지 굳이 때를 기다리지 않고 오밤중에 몇 곡조 신나게 내질렀다가 이틀 동안 근신처분을 당하기도 했다.

그때 캄캄한 창고 속에 던져져 아무 빛도 소리도 없는 절대 고독의 시간을 견디며 있자니 나는 병아리 적에 선창 바닥에 겹겹이 쌓인 화물 상자 사이에서 또래 동무들과 숨죽여 태평양을 건너던 때부터 이제껏 거쳐 온 구사일생의 내 생애가 파노라마처럼 떠올랐다.

사실 나는 미국에서 태어나서 종자 병아리로 팔려온 외래종인데, 부산 부두에 하치됐을 때 우리 동포들의 반은 이미 굶어 죽거나 질식사한 상태였고, 경상도 어느 농장에 도착했을 때는 그 반이 또 죽어 있었다. 그 농장에서 일 년쯤 살면서 여러 나라에서 건너온 종자들과 웬만큼 친분을 쌓고 잘 지내게 됐을 즈음 태국에서 새로 온 친구 하나가 '에이아이'라는 무서운 전염병을 달고 와 퍼뜨리는 바람에 우리는 하루아침에 모두 생매장될 신세가 되었다. 관청에서 나온 사람들이 비닐 가운을 입고 몰려와서 일에 착수하려다가 아침부터 깡소주를 마시며 비통해하는 농장 주인을 달래느라 잠시 주춤한 사이 나는 재빨리 빠져나와 토종닭들만 따로 관리하는 계사로 몰래 숨어들었다.

그러나 다음 날 나는 주인에게 발각되어 도로 땅에 묻힐 처지가 됐으나 그때 마침 걸려온 전화 한 통이 내 목숨을 연장시켜 주었다. 무슨 기공 실험인가를 그 지역 어느 대학의 대체의학연구소에서 하는데 실험용으로 쓸 건강한 닭 여남은 마리가 필요하다는 것이었고, 그 요청에 주인은 나를 포함하여 전염 여부가 의심되는 토종닭 여남은 마리를 실어 그 연구소로 보냈다.

중국인 기공사가 특별 초청되어 시범을 보이는 그 실험에는 닭의 정수리를 칼로 내리쳐서 거의 죽은 것과 같은 상태로 만들어 놓고 기공의 힘으로 생기를 불어넣어 되살려내는 과정이 포함되어 있었다. 두 번째 마루타로 나간 토종닭까지 완전히 뻗어 버려 회생의 기미를 보이지 않자 기공의 효력을 증거하고야 말 '삼세번'째 선수로 내가 발탁되어 나가 머리에 칼을 맞고 쓰러졌다.

깨어 보니 어느 가정집의 부엌이었고, 솥에는 물이 설설 끓고 있었다. 이십대 아가씨 하나가 자기 엄마를 급히 불렀다. 빨리 온나, 엄마야. 털 뽑는 거는 엄마가 해라. 나는 잘 몬한다 아이가. 그녀의 엄마로 보이는 중년 여자가 들어와서 날 이리저리 들춰 보더니 말했다. 가시나, 어데서 칼 맞은 닭 하나 들고 와갖고 꽤나 구찮게 굴어쌓네. 와, 닭발은 냄새도 맡기 싫다 카디 백숙은 뭐 딴 기라꼬 묵고 싶나? 딸이 심드렁하게 대꾸했다. 연구소에 그냥 나뚜면 썩기밖에 더 하겠나? 연구원들은 관심 없고 여직원들도 징그럽다꼬 아무도 손 안 대는 기라. 가게서는 닭발만 하이까 엄마도 닭 온 마리 구경할 일 없잖아. 그래 마, 니 효녀 맞다. 푹 삶아 묵자. 중년 여자가 내 두 날개를 뒤로 제치더니 번쩍 들어올렸다. 그때까지 죽은 척 눈을 반쯤 뜨고 있던 나는 너무 아파 나도 모르게 소리를 질렀다. 끄끼요오~ 모녀는 나동그라질 듯 놀라며 외쳤다. 살았구마! 나는 비척거리며 일어서서 뒤늦게나마 기공의 위력을 다시 한 번 오달차게 증거했다. 끄, 끄, 끄, 끄, 끄오끼요오~

주인 여자가 창고에 웅크리고 있는 나를 꺼내 식당 주방 곁에 달린 작은 방에 데리고 간 때는 조그만 들창으로 희부윰한 새벽 여명이 새어 들어올 즈음이었다. 그녀는 평소와 달리 많이 취해 있었다. 술 파는 장사를 하다 보니 손님들과 술 몇 잔씩 주고받는 경우가 없지 않았지만 결코 일정 선 이상을 넘어서서 흐트러진 모습을 보이는 적이 없던 그녀였다. 레그혼 암탉처럼 눈자위가 빨개져서 나를 지그시 바라보던 그녀가 축축한 목소리로 타일렀다.

이눔아야, 니 그래 아무 때나 내키는 대로 울어제끼믄 니 명에 몬 죽는대이. 동틀 때 딱 한 분씩만 울어야 하는 기라. 그때가 우리 집 장사 마치는 시간 아이가. 그래야 손님들이 안 헷갈리제. 니 어기차게 우는 소리 한 분 듣고 집에 돌아가마 재수가 좋다꼬 소문이 났다 말따. 내는 집안 살린다꼬 목청 좀 높이고 쪼매 설치고 댕깄디 암탉이 울어 정신 시끄럽다꼬 같이 몬 살겠다 카대. 그래 갖고 이래 외롭게 안 사나. 니는 수탉이지만 아무리 숫놈이라도 울어야 할 때와 말아야 할 때를 몬 가리믄 끝장인 기라. 알겠제, 으이!

그날 이후로 나는 아무리 내 속에서 염장이 끓거나 신명이 솟구쳐도 정해진 시간, 새벽 다섯 시 반에만 딱 한 번 목청을 뽑는다. 그래야 천신만고 끝에 흘러든 이 안락한 보금자리에서 오래도록 지낼 수 있을 테고, 어쩌면 늙어 자연사할 때까지 주인 여자와 파트너십을 이어갈 수 있을지도 모른다. 불사조란, 자기 기분과 욕망의 희생을 불사하고 부여받은 본분을 사수하여 살아남는 새란 뜻이다. 이 뜻풀이에 이의를 제기할 자 누구인가. 밤새워 미칠 듯이 매운 닭발을 뜯고 가는 이 업소의 손님들은 모두 그 불사조가 되고자 하는 것이다. 아, 뻐꾸기시계가 다섯 번 울렸다. 이제 내 목청을 정비해 둘 시간이다. 정확하게 반시간 뒤에 나는 사람들이 한번 들으면 잊지 못할 고고한 목청으로 부르짖을 것이다.

불사조의 새 아침이 왔어요오!

꽃들은 슬픔을 말하지 않네

우리는 주문한 음식이 다 나오기도 전에 식욕을 잃었다. 식당 안은 음주가무에 취한 사람들로 야단법석이었다. 우리를 제외한 거의 모든 손님들이 제자리에서 또는 간이무대 앞에서 어깨춤을 추며 고성방가에 여념이 없었다.

단체 손님들의 취기가 눈에 띄게 짙어졌을 즈음, 테이블 사이로 바쁘게 돌아다니며 음식과 술을 나르던 다섯 명의 여종업원들이 일제히 식당 정면 중앙으로 나아갔다. 그곳에 놓인 병풍을 남자 종업원이 치우자 바이올린, 전자피아노, 플룻, 드럼 등의 악기들이 모습을 드러냈다. 곧이어 미녀 사중주단이 연주하는 익숙한 멜로디에 맞춰 한 아가씨가 하이 소프라노의 간드러진 목소리를 뽑아 올리기 시작했다.

바안~갑스읍네다~ 반갑스읍네다~

방금 전 우리 옆 테이블에서 경상도 사투리를 쓰는 한 무리의 남자들에게 순정만화 주인공 같은 눈매로 웃음 치며 산삼주를 권하던 아가씨였다. 남남북녀 운운하며 그들은 기어이 그 고가의 술을 주문하는 눈치였다. 나는 술 주문을 받아 내기 바쁘게 자리를 뜨는 그 여종업원에게 제대로 이행되지 않은 우리 테이블의 주문에 대해 알리려고 손을 들었으나 그녀는 그냥 못 본 척 지나가 버렸다.

머쓱해진 나는 김 빠진 칭따오 맥주 남은 것을 일행 네 명의 잔에 나눠 부으며, 이곳 명물인 양고기 꿰점으로 가자는 리의 제안을 따르지 않은 것을 후회했다. 재미교포 3세인 리는 이미 십여 년 전에 이 도시를 방문한 경험이 있는 친구였다.

한 시간 전에 시킨 일곱 가지 음식은 두서없이 제멋대로 날라져 왔다. 맨 처음 나와야 할 빈대떡이 마지막 순서인 육개장이 날라져 온 한참 뒤에야 상에 올랐을 때 우리는 이미 각자의 밥공기를 비운 뒤라 젓가락이 가질 않았다. 그날 밤 식사의 하이라이트로 우리가 기대하고 있었던 송어찜은 여전히 감감무소식인 채였다.

그러는 동안 순정만화 아가씨는 노래의 배를 타고 두만강에서 소양강까지 거침없이 흘러가고 있건만, 다음 날 백두산행 일정이 새벽부터 잡혀 있는 우리는 식당에서 개천 하나 너머에 있는 숙소로도 옮겨가지 못하고 있었다.

뉴욕에서 이틀에 걸쳐 날아와 그날 오후 합류한 리가 드디어 인내심을 잃고 자리에서 일어났다. 아직 나오지 않은 세 가지 음식을 취소하고 계산서를 달라고 하기 위해서였다.

그러나 그는 주변에서 자신의 요구를 접수할 종업원을 하나도 발견하지 못했다. 잠시 망설이던 그는 무작정 식당 내 군중을 헤집고 무대를 향해 나아갔다. 취흥과 동포애에 흠뻑 젖은 관광객들이 남녀 불문하고 테이블에서 일어나 나와서 가수를 둘러싸고 몸을 흔들어 대고 있었으므로 그가 어떻게 무대 양옆에 늘어서 있는 종업원들에게까지 가 닿을지 의문스러웠다.

소오~야아앙강 처어어~녀~

끝 소절이 구성지게 마무리되는 것과 동시에 우레 같은 박수가 터지면서 사람들의 환호가 들려왔다. 이곳 물가에 비해 턱없이 비싼 꽃다발 주문을 받느라 그곳에 도열해 섰던 종업원들은 다시 바쁘게 움직이기 시작했다. 여러 차례 재활용된 흔적이 뚜렷한 꽃다발들이었다. 어떤 중년 남자 하나가 무릎을 꿇다시피 과장된 포즈를 취하며 가수에게 꽃다발을 바치자 박수 소리가 또 한 차례 요란하게 울렸다.

그런 소란 가운데서도 리는 마침내 악기를 내려놓고 주방으로 향하던 연주자 하나를 붙잡는 데 성공했다. 그가 무슨 말을 했는지, 그 바이올린 주자는 곧장 가수에게 다가가 뭔가 귓속말을 했다. 가수 아가씨는 일순 굳은 표정을 짓더니 사람들이 안겨 준 꽃다발들을 동료에게 맡기고 황망히 주방으로 사라졌다.

리가 테이블로 돌아오자 우리는 곧 식당에서 나왔다. 물론 주문했으나 나오지 않은 세 가지 요리를 뺀 음식 값을 지불하고 나서였다. 계산서를 들고 온 사람은 다름 아닌 가수 아가씨였다. 그녀는 문 밖까지 따라 나와 아이스크림이 녹아드는 것 같은 눈웃음을 치며 우리를 공손하게 배웅했다.

숙소로 돌아오는 길에 나는 리에게 물었다.

"도대체 그 아가씨들한테 무슨 얘길 한 거야?"

"뭐, 별 거 아니야. 그냥 오늘밤 보고 느낀 것을 말했지."

"그게 뭔데?"

"그대들 조국은 이제 꽃을 팔아 먹고삽니까, 그랬어."

2006년 여름, 중국 변경의 한 도시에서 우리는 우울했다. 화사하게 웃음 짓던 꽃들의 내상內傷을 함께 앓으며…….

오징어와 공생공사하는 세 가지 방법

한 아가씨가 퇴근길에 마트에서 오징어를 샀다. 두 마리에 오천 원밖에 안 하는데 물이 좋아 보여 냉큼 장바구니에 집어넣었다. 집에 와서 비닐포장을 뜯고 보니 비슷한 크기로 보았던 두 마리 중 한 놈이 다른 놈보다 배가 불룩했다. 홀쭉한 놈은 냉동고에 넣고 통통한 놈을 개수대에 꺼내 놓았다. 비린 내장이 터지지 않게 가위로 살살 몸통 가운데를 갈랐다. 놀랍게도 놈의 몸속에는 제 크기의 반은 됨직한 물고기가 두 마리 들어 있었다. 무슨 고긴지 알 수 없는 그놈들은 붉게 물든 눈을 번들거리며 지느러미 하나 상하지 않고 온전한 형태를 보전하고 있었다. 이런 왕재수! 아가씨는 기분이 언짢아진다. 가스레인지 위에 올려놓은 물이 벌써 끓고 있다. 냉동고에 넣었던 오징어를 도로 꺼내 그것의 배를 갈랐다. 이놈 몸속에는 제 내장 외에 다른 것이 없다. 먼저 손댔던 오징어와 그 속에서 나온 물고기 두 마리는 음식물 쓰레기통에 던져 넣었다. 버린 놈은 아깝지만 어차피 한 마리만 삶아 초고추장에 무쳐도 맥주 안주로 충분했다.

한 아줌마가 시장에서 오징어를 샀다. 두 마리에 오천 원인데 국내산 치곤 가격이 싸고 크기도 제법이었다. 집에 와서 오징어를 손질하려고 보니 한 놈이 다른 한 놈보다 뚱뚱했다. 먼저 홀쭉한 놈을 배를 갈라 손질했다. 이어 뚱뚱한 놈의 배를 가르니 그 속에서 꽤 큰 물고기가 두 마리나 나왔다. 요즘 철에 많이 나는 전갱이 종류인 것 같다. 어이쿠, 욕심스런 놈! 아줌마는 뭔가를 억울한 눈빛으로 호소하는 듯한 물고기들을 잠시 측은하게 바라보다 내장 빼놓은 것과 함께 음식물 쓰레기통에 넣었다. 그리곤 냄비에 고추장 푼 물을 넣고 가스레인지의 불을 켰다. 물이 끓자 적당한 크기로 썰어놓은 오징어 두 마리를 다 집어넣으며 아줌마는 생각한다. 찌개 양이 푸짐하겠다. 밤늦게 학원에서 돌아올 아이도 먹고, 낼 아침 남편이 해장국으로 먹어도 될 만큼……. 오징어찌개를 세 번에 나눠 먹을 생각을 하니 국물이 더 필요하겠다 싶어, 아줌마는 냄비에 고추장 물을 더 부었다.

한 할머니가 생선 노점상에서 오징어를 샀다. 한 마리에 삼천 원인데 두 마리에는 오천 원이라 해서 두 마리를 샀다. 국내산이라 그런지 때깔이 다르고 물이 좋아 보였다. 집에 돌아와 오징어를 손질하려는데 두 마리 중 한 놈이 유난히 몸이 두툼하다. 고개를 갸웃거리며 할머니는 그놈부터 배를 갈랐다. 물고기 두 마리가 들어앉았는데,

아지다! 할머니는 젊은 시절부터 아지를 좋아했다. 일제시대엔 일본 사람들이 아지라 부르며 좋아하는 전갱이가 지금보다 더 흔했다. 구이를 하면 고소하고 짭조름한 게 입맛을 돋울 터, 오늘 저녁 반찬은 그걸로 족했다. 할머니는 기왕에 배 가른 놈과 함께 다른 놈도 손질하여 냉동고에 넣고, 아지를 씻어 소금을 뿌렸다. 오징어는 뒀다가 담주 영감 기일에 쪄서 제상에 올릴까? 할머니는 모처럼 기분이 좋다.

아가씨와 아줌마와 할머니는 모두 자기 집에서 텔레비전을 보며 혼자 저녁을 먹고 있다. 다이어트 중인 아가씨는 밥 대신에 맥주 한 잔과 오징어 숙회 무침, 아줌마는 밑반찬 몇 가지와 오징어찌개 한 사발, 할머니는 전갱이 구운 것과 김치 한 종지로 밥을 먹으며 저녁 뉴스를 본다.

오징어 모양의 빗금무늬 넥타이를 한, 잘생긴 뉴스 앵커가 자못 걱정스런 표정을 지으며 후쿠시마 원전 사고가 국내 연안에 미치는 영향을 보도하고 있다.

"……후쿠시마 근해에 사는 오징어가 한국 동해안으로 오기 때문에 우리 식탁 또한 위협받고 있습니다. 후쿠시마 근해에서 방사능 오염으로 일본인들이 오징어를 잡지 않아서 그 오징어가 우리나라로 넘어와 전례 없는 풍어를 이루고 있는데요……."

취기가 약간 올라 뺨이 발그레진 아가씨는 오징어 안주를 노려보며 투덜댄다. 그럼 난 뭘 먹으라고? 에이, 몰라……. 아가씨는 씹던 안주를 계속 질겅거리다가 맥주 반 컵을 원샷으로 들이킨다. 뭐라는 거야, 정신 사납게시리! 기분이 언짢아진 아줌마는 중얼거리며 다른 방송으로 채널을 돌린다. 할머니는 오징어를 넣어둔 냉장고 쪽을 바라보며 생각한다. 풍어라니 더 싸지겠군. 저놈들은 내가 먹어야겠네. 영감 제사 때는 또 사지, 뭘…….

금연석 골드

샌프란시스코 북서쪽 바닷가에 허름한 중국인 카페가 하나 있는데,
많은 동양인들이 그렇듯이 중국인 이민자들도 기아나 혁명 또는
전쟁 따위의 본격 풍파를 오랜 세월 겪은 사람들인지라
흡연이 야기할 수 있는 갖가지 불운을 들먹이며 겁을 주는
미합중국의 금연정책에 대해 대체로 비협조적인 것으로 알려져
있는 바,
그 카페에 어쩌다 오게 되는 비흡연자들은 그다지 버젓하고
확고히 분리된 금연석 같은 것을 기대하지 않았다가
뜻밖의 '금연석 골드'라는 싸인을 발견하고는
법치사회의 정치적 올바름의 승리를 내심 흐뭇해하며
싸인의 화살표가 가리키는 지정 장소의 문을 열고 들어가면

대략 세 가지의 행동 패턴을 보이는데,
그 하나는 들어가자마자 되돌아 나와 까페 주인에게 삿대질하며
따지는 부류,
또 하나는 되돌아 나와 금연석 실버는커녕 온통 흡연석뿐인 홀에
마뜩찮은 얼굴로 자리 잡고 앉는 부류,
또 다른 하나는 문 저편으로 사라져서 다시는 나타나지 않는 부류가
그것이다.

'금연석 골드',
그 싸인이 붙은 문을 열고 들어가면
푸른 파도 넘실대고 갈매기 너울거리는 북태평양 해안의
트집 잡을 수 없는 청정 환경으로 곧바로 발을 내딛게 되어 있다.

그녀의 선택

그녀의 선택

1

따뜻한 봄볕 내리쬐는 툇마루에서 아가는 아빠 곁에 뒹굴뒹굴 놀고 있다. 그런데 윗동네에 왕진을 간 의사 엄마는 두어 시간이 지나도록 돌아오지 않는다. 아가가 칭얼거리기 시작하자 아빠는 아가를 품에 안고 달랜다. 그래도 아가는 계속 칭얼거리며 엄마를 찾는다. 폐가 아픈 시인 아빠는 짜증을 내며 아가를 마루에 도로 내려놓는다.

아가가 운다. 아빠는 뚝 그치지 못해, 하고 소리를 지른다. 아가는 더 크게 운다. 아빠의 커다랗고 앙상한 손이 아가의 엉덩이를 철썩 내리친다. 아가는 이제 온 몸이 빨갛게 물들도록 자지러지게 울어 댄다.

그때 엄마가 허둥지둥 달려 들어와 아가를 들쳐 안는다. 아직 말을 할 줄 모르는 아가는 더욱 숨넘어가게 울어 제침으로써 아빠에 대한 야속함을 엄마에게 호소한다. 엄마가 아빠에게 뭐라고 탓하는 말을 건넨다. 아빠는 버럭 화를 내며 대문 밖으로 나가 버린다. 거칠게 집을 나서는 아빠의 야윈 등 뒤로 목련 꽃잎 몇 개가 나풀나풀 떨어진다.

2

그 남자는 매주 토요일 오전 열시에 2층 아파트 베란다 아래 서서 '스위티~' 하고 그녀를 부른다. 주말이면 늘어지게 잠을 자고 한없이 게으르게 지내고 싶은 그녀다.

하지만 그날도 그녀는 서둘러 운동복으로 갈아입고 내려가 함께 공원에서 조깅을 한 후 자연주의 레스토랑에서 점심을 먹고 오후엔 바닷가를 찾아 수영과 선탠을 하고 저녁엔 클래식 연주회장을 찾는, 어김없는 일정을 앞두고 있다. 그는 매사 민주적으로 그녀의 의견을 먼저 묻지만 모든 것을 결국 자기 뜻대로 정한다. 스무 살의 그녀는 열 다섯 살이나 위인 남자 친구의 리드에 감히 저항할 생각을 못한다. 비교적 젊은 나이에 박사학위를 딴 그는 무엇에서도 그녀보다 아는 게 많고 유능하다. 게다가 그는 그녀가 유학 와 있는 주립대학 교수이고, 백인이고, 금발에 푸른 눈을 한 장신의 미남이다.

지상낙원이라 불리는 그 섬의 북쪽 해안은 와이키키처럼 붐비지 않아 좋았지만 바닷물은 좀 더 차고 물결이 세다. 그가 먼 거리를 헤엄쳐 다녀오는 동안 수영에 서툰 그녀는 언제나처럼 고무튜브에 의지해 해변 가까이서 하릴없이 동동 떠 있다. 방금 전 저 멀리서 그의 금발머리가 물속으로 들어갔다 나왔다 하는 걸 본 것 같은데 어느 순간 누군가가 완강한 팔로 그녀를 뒤에서 끌어안는다. 엄마야! 저도 모르게 한국어로 외치며 몸을 돌린 그녀의 눈앞에 거인이 사파이어 눈빛으로 내려다보며 서 있다. 결 고운 창백한 금발이 짝 달라붙어 마치 알라딘의 램프에서 나온 민대머리 지니처럼 보이는 그에게서 쏘아져 나오는 날카로운 푸른 눈빛은 '아가씨, 평생 나한테 복속하겠다고 약속하면 소원 세 가지를 들어 주겠어' 하고 말하는 듯하다. 어떤 기시감이 솟구치면서 온몸에 소름이 좌르르 돋는다. 칠십 바라보는 어머니를 무릎 꿇려 야단치던 아버지 모습도 떠오른다. 아무 말도 하지 않은 그에게 노오! 하고 벼락같이 외치며 그녀는 있는 힘을 다해 그의 품을 벗어난다. 해변으로 올라와 옷가지를 대충 챙겨 입고 그의 캐딜락이 있는 주차장 반대편의 버스정류장으로 튄다.

그날 저녁 그가 흥분과 불안이 뒤섞인 목소리로 전화를 해오자 그녀는 세 가지 소원을 또박또박 말한다.

날 내버려 둬요. 더 이상 연락하지 말아요. 마주쳐도 모른 척해 줘요.

3

신랑 친구들과 오빠의 반시간 남짓 끈 실랑이 끝에 드디어 함이 들어오자 미리 준비해 놨던 잔치 음식들이 교자상에 서둘러 차려진다.

친구들이 와글와글 떠들어대는 가운데 정작 주인공인 신랑은 처갓집 식구들이 어려운지 권하는 술 몇 잔을 받은 후 말없이 밥만 먹는데 많이도 먹는다. 예비사위에게 밥을 세 공기째 퍼주고 난 어머니가 딸을 살짝 옆으로 부르더니 말한다.

너, 돈 많이 벌어야겠다. 저렇게 뱃고랑이 큰 걸 보니…….

딸이 말한다.

엄만, 왜 나한테 많이 벌라고 해? 사위한테 그래야지!

어머니가 웃으며 대꾸한다.

예술가란 게 어디… 돈 버는 직업이냐? 아무라도 벌어야지……. 그래도 몸 튼튼한 거 하나는 맘이 놓이는구나. 늬 아버지처럼 까다로운 스타일도 아닌 것 같고…….

그러는 동안 취기가 돌기 시작한 신랑이 자청하여 가곡 한 곡을 멋들어지게 뽑는다. 우렁찬 박수 소리와 함께 앙코르 요청이 요란하다. 신랑은 그러나 고개를 푹 수그리며 가라앉은 목소리로 사양했다.

부끄럽습니다. 할 줄 아는 게 이런 거밖에 없어서…….

흰 수염에 한복차림이 기품 있는 신부 아버지가 허허 웃으며 뜻밖에 화가 사위 편을 든다.

그래, 그래야 예술을 하지. 자기붕괴를 할 줄 알아야 예술가 자격이 있는 거야.

치열한 반대를 겪으며 이태 만에 간신히 혼인 허락을 받은 신랑의 눈에 물기가 번진다.

4

어느 토요일 오전, 그녀는 청소기를 돌리며 소파에 지극히 편안한 자세로 앉아 신문을 뒤적이는 남편을 보며 함 들어오던 그날을 떠올린다. 자칭 페미니스트인 그는 한 주 내내 직장 일에 시달린 아내가 주말에 청소기를 돌릴 때면 소파에서 다리를 번쩍번쩍 잘 들어 준다. 여전히 자기붕괴도 잘 하여 이따금 같이 칵 죽어 버리고 싶게 만들기도 한다. 하지만 그와의 삶에는 시인 아버지도 벽안의 금발 지니도 수용하지 못했던 소통의 자유가 있다.

그녀는 아예 소파 위에 책상다리를 하고 앉은 그에게 소리를 버럭 지른다.

세계미술사에 남는 걸작을 내놓던가, 신혼 때 약속대로 돈방석에 앉게 해주던가 좀 하지! 그는 하나도 놀라지 않고 느긋하게 대답한다.

물론이지! 두 가지 다 할 테니 기다려.

그녀는 믿는다. 그가 그러리라고. 다만 그게 정확히 언제인지 모를 뿐이다. 어차피 신만이 아실 문제가 아닌가.

기분이 좀 나아진 그녀가 묻는다.

점심에 뭐 해 먹을까?

지상의 집 한 칸

요 며칠 사이 셔츠 속에 껴입은 발열 내복이 답답하고 살갗이 스멀거리는 것이 수상쩍다 싶더니 J의 눈길은 창밖으로 연분홍 치마를 날리기 시작했다. 어느 소설가는 '정情은 늙지도 않아'라는 제목의 책을 쓰기도 했지만, J의 꿈은 참 늙지도 않는다. 그것이 일장춘몽인지 호접지몽인지 알 바 없지만 어쨌든 봄의 기척만 느껴지면 J를 샛서방처럼 쑥석거려 집 밖으로 동네 밖으로 끌어내는 통에 식구들도 이젠 그러려니 한다. J의 그 춘몽이라는 것이 샤방샤방한 연애라도 꿈꾸는 것이라면 차라리 어느 시점에선가 한번 작정하고 사고를 쳤을 법도 한데, 알고 보면 별 얘깃거리도 못 되는 시시하고 평범한 거다.

그렇게 별 볼일 없으면서도 봄마다 J의 마음에 애드벌룬을 달아 정처 없이 떠다니게 하는 꿈이란, 작고 조촐하고 기능적인 전원주택

한 채를 갖는 것이다. 그래서 그걸 지을 곳을 찾아 수도권 일대의 땅을 둘러보고 다닌 게 수년째다. 중년 이후로 아파트 살이를 면치 못해온 도시생활자로서 그런 계획을 품을 만하다고 쉽게 생각할 수 있겠으나 J가 머릿속에 그려 온 집은 사실 그렇게 간단히 이루어질 성질의 것이 아니다.

왜냐하면 '작고 조촐하고 기능적'이라는 조건 속에 포함된 '기능적'이란 말이 함의하는 요소들이 상호 모순되기 때문이다. 프라이버시를 침해받지 않으면서 공동체적 유대가 원활해야 하고, 조용하면서 적적하지 않아야 하며, 연료가 적게 들면서 냉난방이 잘 되어야 하고, 햇빛이 많이 들면서 굴속 같은 아늑함을 가져야 하고, 일손을 많이 필요로 하지 않되 최대한 자연주의적 시설이어야 하고, 실내외 경관이 소박하면서 세련된 분위기여야 하는 등등, 리스트는 길게 이어진다. 바로 그 리스트의 비현실성으로 말미암아 J가 꿈꾸는 전원주택은 그토록 오랫동안 꿈에 머물렀고 앞으로도 그럴 공산이 크다. 게다가 봄철이 지나고 나면 그 꿈은 언제 그랬냐는 듯이 봄꽃처럼 시들어서 그녀 의식의 주름 속으로 슬그머니 스러져 버리곤 한다. 지난봄 언젠가 남한강 부근에서 종일 발품을 팔며 집터를 보러 다니던 J는 문득 자신이 왜 이 허망한 주기성 증상을 앓게 됐을까 의아하고 혼란스러워져 강가에 주저앉아 울었다고 한다.

돌이켜보면 J는 학창 시절부터 시작해 수십 곳의 집을 전전하며 꽤나 장구한 이사의 역사를 써왔다. 대학 시절 자취방 이사만 한 학기에 평균 한 번 이상으로 졸업 때까지 열 번도 넘게 다녔고 졸업 후 잠

시 부모님 집에 돌아왔다가 결혼 전후로 다시 옮겨 다니길 무려 열세 번이나 했으니 가히 인생의 절반 이상을 이삿짐 꾸리다 볼장 다 봤다 해도 과언이 아니다. 물론 내 집 마련 이전까지 J는 월세, 전세, 전전세 등 갖가지 형태의 임대를 거쳤고 내 집을 갖고 나서도 외국에 몇 년 나가 있게 되는 바람에 다시 월세 집을 살았다. 허리를 90도 가까이 구부린 채 드나들어야 하는 부엌에다 범곤충전당대회가 무시로 열리는 화장실이 달린 반지하방에서도 살았고, 윗목에는 자리끼 물이 얼어붙는데 아랫목에 깐 요는 구멍이 나도록 타들어가는 적산가옥에서도 살았다. 또 북태평양 바다를 파노라마 비전으로 감상할 수 있는 드넓은 창밖으로 저녁이면 진홍빛 노을이 자지러지게 펼쳐지던 유럽식 아파트와 이따금 주당 남편이 취흥이 도도해서 창턱에 올라앉으면 내려올 때까지 떨면서 옆에서 지켜봐야 했던 당시 한국 최고층 아파트의 18층에서도 살았다. 지금은 43년 된 한국 최고령 아파트에서 부모님이 쓰시다 가신 것과 우리 것을 합친 살림살이의 과포화 상황을 요령껏 견디며 그럭저럭 지내고 있다.

어제 아침, 요 며칠 졸졸 새던 세면대의 수도 파이프가 드디어 터지면서 욕실 바닥이 물바다가 되자 J는 세수 하다 말고 집 밖으로 뛰쳐나갔다. 아파트 단지 내 설비공사 점포에 갔겠거니 하고 기다렸으나 그녀는 여지껏 돌아오지 않고 있다. 엊저녁 늦게 휴대폰으로 문자메시질 하나 보내오긴 했다. '쓸 만한 토굴을 찾고 있어. 찾으면 연락할게.' J가 찾는 토굴은 우리가 같이 살 집일까, 자신만의 집일까? 아님, 혹시… 집을 꿈꾸는 일을 그만두려는 걸까?

손님

앞뜰의 흰 목련이 꽃샘바람에 몹시도 흔들리던 밤이었다. 평소와 달리 나는 왠지 모를 설레임을 가슴 한구석에 느끼며 곧 고교 야간 자습에서 돌아올 딸아이를 기다리고 있었다. 이윽고 현관문 열리는 소리와 함께 딸아이가 꽁무니에 낯선 강아지 한 마리를 달고 들어섰다. 학교 교문을 나설 무렵 어둠 속 어디로부턴가 슬그머니 나타나 아이 뒤를 내내 좇아왔다는 것이다. 누런 털에 몸집이 자그마한 그 강아지는 노루처럼 동그란 눈에 여우처럼 빨죽한 귀를 가진 놈이었다. 개를 좋아하지만 아파트 살이를 하고부터는 애견을 키울 생각을 못 해온 나는 반가움과 성가심이 교차하는 가운데 잠시 망설이다가 하룻밤 재우기로 했다. 갑자기 찾아온 꽃샘추위로 밤 기온이 뚝 떨어져 있기에 차마 내쫓을 수가 없었다.

놈은 내가 현관에 깔아준 신문지 위에 쭈그리고 앉더니 딸아이 방 쪽으로 얼굴을 둔 채 꼼짝도 하지 않았다. 푸슬푸슬한 털이 윤기가 없는 게 영양 상태가 시원찮아 보이길래, 우유에 식은 밥을 말아 코앞에 놔주었다. 그러나 몇 번 핥는 시늉만 하곤 먹지 않았다. 아이는 이따금 강아지의 동태를 살피느라 들락날락하더니 자정이 가까워지자 하품을 하며 강아지에게 굿나잇을 고했다. 좀 있으니, 거나하게 한 잔 걸친 남편이 귀가하여 사연을 듣고선 "짜아식, 튀김감도 안 되게 생겨 가지군…" 어쩌구 하면서 눈을 부라려 보였다. 그래도 강아지는 전혀 겁먹지 않은 듯 동요가 없었다.

남편도 안방으로 자러 들어가고 나서도 나는 얼마 동안 거실에 남아 있었다. 나와 강아지는 침묵 속에 함께 밤의 흐름을 지켜보았다. 봄밤의 심연 속에서 활짝 핀 목련이 흰빛의 아치雅致를 뿜으며 개와 사람에게 덧없는 꽃의 영광을 증거했다. 짧은 순간 나는 그 강아지와 오랜 세월 알아온 사이처럼 느껴졌다. 그 까맣고 동그란 눈동자에서 어째서 내게 낯익은 정한情恨 같은 것이 감지되는 건지 알 수 없었다. 하지만 개는 개일 뿐, 놈과 나 사이에 무슨 인연을 논하랴 싶어 놈의 등을 한 번 쓰다듬어 주고는 거실의 불을 껐다. 방으로 들어가는데 놈이 처음으로 '끄응' 하고 작은 소리를 냈으나 나는 모른 체하고 방문을 닫았다.

아침이 되자 나는 강아지에게 딸아이와 똑같이 아침을 차려 주었다. 간밤과 달리 놈은 빵과 소시지와 계란부침을 게눈 감추듯 먹어치웠다. 그러고 나선 뭔가 호소하는 듯한 표정으로 날 쳐다봤다. 난 놈이 아예 우리 집에 눌러앉으려고 저러나 싶어 속으로 은근히 걱정이 되었다. 하지만 딸아이가 교복을 차려입고 현관문을 나서는 순간 놈은 싹 돌아서더니 뒤도 안 돌아보고 따라 나갔다. 베란다 창으로 내다보니 학교로 가는 지름길인 오솔길로 접어든 딸아이 뒤를 부지런히 쫓아가고 있었다.

잠시 후 일어난 남편이 식탁에 와 앉으며 말했다.

"간밤에 개꿈을 꿨어. 누렁 강아지 한 마리가 우리 집에 와 있더라구."

내가 꿈이 아니라 실제 있었던 일이라고 얘기하자 믿지 못하겠다는 표정으로 바라보더니 어떻게 생긴 놈이더냐고 따져 물었다. 내가 자세히 묘사를 하자 남편은 고개를 갸웃거리며 의아해했다.

"거참 이상도 하군. 꿈에 나온 녀석도 꼭 그렇게 생겼던데…. 내가 좀 취했었나? 아닌데. 어젯밤에 들어올 때 현관에 개 같은 거 분명히 없었는데…. 아, 알았다! 당신 오늘 만우절이라고 나 놀려먹는 거지?"

저녁에 딸아이가 학교에서 돌아오자 나는 하루 종일 궁금했던 것을 물었다.

"그 강아지 어디까지 너 따라갔니? 학교까지 갔어?"

아이가 대꾸했다.

"무슨 강아지?"

내가 다그쳤다.

"아니, 왜, 아침에 너 따라 나갔잖아. 간밤에도 학교서부터 너 따라오고."

아이가 되물었다.

"아, 엄마, 내가 아침에 꿈 얘기 해줬나 보네? 바빠서 못한 줄 알았더니. 꿈에서 그 강아지 말야? 응, 학교까지 따라왔었어. 아무리 꿈이라도 그런 강아진 참 신기해. 우리 집에서 오래 살던 강아지같이 느껴졌어, 처음 봤는데도."

나는 어안이 벙벙해져 할 말을 잃고 창밖으로 시선을 던졌다. 간밤에 강아지와 함께 내다보던 만개한 목련이 어느새 꽃잎을 반 이상 떨군 채 시들고 있었다.

피곤한 J씨의
2008년 여름휴가의 마지막 밤

군체동물들의 '헤쳐모여' 훈련 같은 베이징 올림픽 폐막식이 TV에서 방영된다. 메이저 방송 3사 모두가 지구촌 화합 대축제의 마지막 향연을 감격적 어조로 보도한다. TV에 눈을 고정시키고 있는 동안 캔맥주 두 개가 어느새 비워진다. 안주는 구운 김. 어느 순간 속이 헛헛한 느낌이 들어 라면을 끓일까 하고 냄비에 물을 채우다 문득 배가 고픈 게 아니라는 자각이 든다. (머리도 가슴도 다 멍한 느낌, 이제 뭐지?)

채널을 돌려 뉴스 전문 방송을 본다. 세계는 지금-. 스페인 항공 추락 사고로 154명 사망, 플로리다에서 열대성 폭풍으로 희생자 11명, 프랑스 몽블랑에서 눈사태로 18명 실종 및 부상, 파키스탄 정부군이 반군 무장세력 50명 사살, 필리핀 정부군과 반군의 충돌로 144명

사망, 베이징서 티베트 탄압 반대 시위 한 외국인 10명 구류 처분, 네팔 카트만두서 티벳 망명자 1,000명 시위……. 인간 머릿수를 헤아리는 나쁜 뉴스는 계속 이어진다. (에이!)

TV를 끄고 방바닥에 던져두었던 책을 집어 든다. 미국 작가 코맥 매카시의 최신 화제작 〈로드〉의 마지막 열세 페이지를 읽는다. 지푸라기만한 희망도 안 보이는 멸망한 세상에서 그래도 살아 있을 수 있는 한 살아 있으려고 분투하는 한 아버지와 아들의 행로를 그린 절망 그 자체의 서사다. (아, 모든 게 이렇게 끝날 수도 있겠구나…….) 그런데 마지막 문장이 수상한 암시를 건넨다. '송어가 사는 깊은 골짜기에는 모든 것이 인간보다 오래되었으며, 그들은 콧노래로 신비를 흥얼거렸다.' (인간보다 오래된 모든 것이 사는 골짜기라… 왠지 적막한 향수를 불러일으키는군. 어릴 적 크리스마스이브에 듣던 캐럴처럼…….)

아파트 베란다 창 너머로 명멸하는 도시의 불빛을 맥없이 바라본다. 시야가 부옇게 흐려지며 명치끝이 아려온다. 눈을 문질러 닦고 냉장고에서 맥주 캔을 새로 꺼내들고 욕실로 들어간다. 욕조에 물을 가득 채운다. 솨아 솨아, 물이 차오르는 소리. (고기를 잡으러 바다로 갈까요 ♬ 고기를 잡으러 산으로 갈까요 ♪ 호호홍 호호홍 호호호호호응 ♬ 랄랄랄랄 랄랄랄라~)

같은 몸무게의 B씨에게서 빌린 검은 다이빙 슈트를 입고 잠수를 한다. 수중천지를 하얗게 수놓은 말미잘 꽃밭을 지나 수심 30m 깊이까지 내려간다. 숨이 차다. 프리다이빙이라 산소통이 없다. 이제 올라가야 하는데 바다 속 검은 땅에 붙잡힌 발길이 떨어지질 않는다. 차제에 30m쯤 더 내려가 트왈라이트 존twilight zone 진입을 도전해 볼 일이다. (빛과 어둠이 교차하는 중간계의 세상, 그곳만 통과하면 죽든지 살든지, 살아도 죽든지 죽어도 살든지, 결말이 나잖겠는가.)

아… 너무 내려왔다. 수심 100m는 되는 듯. 아무것도 없다. 여명 같은 푸르스름한 빛 속에서 정신이 아뜩해진다. 하지만 숨은 더 이상 안 차다. 중력권을 벗어난 지가 한참인데 몸이 점점 밑으로 가라앉고 있다. 고요히, 수평으로, 한없이 평안하게. (웬일이지? 이래도 되는 걸까?) 송어들이 헤엄치는 게 보인다. (산골짜기로 흘러왔나?) 자작나무 숲이 희게 빛난다. (어디까지 온 거야, 대체?) 눈 덮인 구릉들에 둘러싸여 별빛이 소복소복 내려앉고 있는 검은 강. (거의 다 온 것 같은데? 인간보다 오래된 모든 것이 사는 골짜기, 그곳에!) 숨을 멈춘다. (마침내 내게 강 같은 평화가…….)

엄마! 아이가 뛰어든다. 물 넘쳐! 뭐 하는 거야? 수도꼭지를 급히 잠근 뒤 흘겨보고 나가는 아이의 뒤통수를 흘겨본다. (웬수!) 욕조에서 일어나 젖은 몸을 닦는다. 거실에서 누가 TV를 다시 틀었는지 노랫소리가 요란하다. 안 믿기는 영어 후렴을 자꾸만 되풀이하는 노래……. 욕실에서 못 다 마신 맥주 캔을 들고 거실로 나오다가 실소한다. 위 아 원~ 우리는 하나~ 위 아 원~ 우리는 하나~ (설마, 농담이겠지?)

서기 2008년 8월 25일 자정, 피곤한 지구촌 시민 J씨가 보낸 여름 휴가의 마지막 밤은 이렇게 저물었다.

카페 샌프란시스코, 애틀랜타

너, 얼마 동안이나 거기 그러고 있었던 거니. 그 치렁치렁하던 레게 머리는 어떻게 하고 지친 블독처럼 주름진 뒷목을 보이며 언제까지 그렇게 앉아 있을 거니. 세계 각지의 활화산을 찾아다니며 가이아의 불타는 심장을 관찰하고 측량하는 지구과학자면서 틈만 나면 자작 음유시를 읊조리고 기타를 치던 대책 없는 이상주의자였던 너. 어째서 네가 이 낯선 도시의 밤거리에서 어울리지 않는 가죽 점퍼를 입고 늦가을 한기를 견디며 꼼짝도 않고 앉아 있는 거니. 그래, 임마누엘은 그런 차림을 좋아했었지. 나이지리아에서 유학 온 부족장 아들이었던 그 남자는 미국인인 너보다 훨씬 자본주의의 전략과 효능에 익숙했어. 하마터면 나는 그에게 넘어갈 뻔했지. 네가 날 도서관 앞에서 기다리다 허탕친 그날, 난 그와 함께 테니스를 치러 갔었지. 나

는 그가 디자이너 브랜드 운동복을 입고 프로 선수처럼 라켓을 능숙하게 다루는 걸 보고는 질려서 왕초보의 핑계를 댈 기회조차 놓쳤어. 그와 그날 밤 춤추러 가기로 했었는데 나는 너무 부끄럽고 자존심이 상해 몸이 안 좋다고 둘러대고 일찍 헤어졌지. 그리고 하숙집에 돌아오니 새로 쓴 시편들을 말아 쥔 네가 이층 내 방으로 올라가는 계단에 앉아 있었어. 오바마의 부모는 우리처럼 하와이대학 러시아어 초급반에서 만났다지. 그런데 나는 널 남자로 생각하는 걸 스스로에게 허락할 수가 없었어. 피부색 때문이라고 암암리에 자기설득을 했었는데, 임마누엘한테서는 이성을 느꼈던 걸 보면 결국 자기기만이었던 거야. 넌 너무 달랐어. 주변의 어떤 피부색의, 어떤 부류의 남자와도 다른 인간이어서 두려웠던 거지. 너와 그날 밤 내 하숙방에서 꼬박 밤을 새며 포도주 몇 병을 비우는 동안 나는 너의 에로스적 접근을 원천봉쇄하는 온갖 계략을 썼지. 철학적·사회학적·심리학적 날개념들이 좁은 방 안을 부나방처럼 명멸하며 대마풀 태운 것 같은 너의 체취를 흐트러뜨렸어. 어슴푸레 여명이 밝아 오자 너는 과학자의 일상으로 돌아가기 위해 방을 나서며 물었어. 너 석녀냐? 나는 대꾸했지. 헤이 친구, 너 별로 매력 없거든. 그는 깊고 검은 눈을 껌뻑이더니 말했어. 하긴… 내가 생각해도 그래. 그 순간 네가 얼마나 쓸쓸해 뵈고 매력적이던지, 하마터면 달려들어 꼭 끌어안을 뻔했어. 하지만 안 그러길 잘했다고 두고두고 생각했지. 너의 그 판독할 수 없는 두려운 심연을 내가 어떻게 감당할 수 있었겠어. 후에 결혼은 안 하고 아들만 하나 얻었다는 소식을 풍문으로 들은 게 한 십 년 됐나 봐. 그때까지 샌프란시스코의 한 대학 연구소에 적을 두고 있던

걸로 아는데 여기 애틀랜타에 허슬러 같은 차림을 하고 앉아 있을 리가 있겠니. 그런데 왜 나는 자꾸 저 남자의 뒷모습이 너의 변한 모습일지 모른다고 생각되는 걸까. 네가 변한 만큼 내가 변했기 때문일까. 삼십여 년 만에 다시 방문한 이 남부의 도시에서 뜻밖에 홀로 하룻밤을 보내게 된 내가 어떤 모습을 하고 있을지 넌 떠올릴 수조차 없을 거야. 네 자리에 내가 앉아 있고 카페 안에서 네가 날 창 너머로 바라보게 되었다면… 이쯤에서 우리가 다시 만난다면… 우리는 예전의 우리일 수 있을까. 그러니 너, 제발 고개를 돌리지 마.

포물선이거나 원이거나 혹은

명자는 오늘도 몸 상태가 좋지 않다. 잔인한 4월에 치를 떨며 알레르기성 소양증으로 몇 주간 신고를 치르고 난 게 겨우 달포 전이다. 계절의 여왕이라는 5월 한 달은 단지 가려움증에서 벗어난 해방감만으로도 쾌적했다. 그런데 마감을 코앞에 둔 번역 작업에 좀 몰입하다 보니 열흘 전부터 지병인 3차신경통이 슬슬 공세를 펼치기 시작했다. 편두통 약을 먹고 동네 지압원에서 어깨 마사지를 하고 비상대책으로 압봉 치료까지 받았건만 쉽게 물러설 기세가 아니다. 이대로 가면 '아아 잊으랴, 어찌 우리 이 날을' 노래해야 할 6·25에 이르도록 차도를 못 보다가 전우의 시체가 아닌 그녀 자신의 반주검을 넘고 넘어 6월 말 예정인 집안 행사에 가서도 보탬은커녕 민폐나 끼치지 않을까 걱정이었다.

몇 년 전 광명시 어디선가 만났던 점쟁이, 아니 역학인-점 보러 왔다고 했다가 혼났다-이 그녀의 이름이 고독하고 고달프고 고집스럽다며 3고의 불운을 역전시킬 새 이름을 지어 준 것이 앞뒤 글자만 서로 바꾼 지금 이름이다. 명자가 되고 나서도 고독하고 고집스러운 건 변함없지만 그로 인해 그녀 자신이 별 불편을 못 느끼니 상관없는데, 변함없이 고달프다는 게 문제다. 사실 인생고해라고, 부처님 말씀을 떠올리지 않은들 세상살이 고달픈 줄이야 누가 모르겠는가? 그런데 그녀로선 중년 이후 절절히, 생생하게, 줄기차게 겪고 있는 고달픔이 있으니 신체적 질환으로 인한 것이다.

돌이켜보면 명자가 지닌 질병의 역사는 가족 병력과 얽혀 있어, 아버지와 두 오빠가 모두 치른 폐결핵부터 시작한다. 20대 초반에 발병해 2년여 투약으로 완치된 줄 알았던 게 20대 중반에 재발, 또 2년여 약을 먹고 잠잠해졌다가 신혼 초에 다시 발병하여 선지피를 토하는 바람에 미안케도 남편은 일찌감치 팔자 고치는 줄 알았을 거다. 현대 의학 덕분에 그도 잘 치료하여 30대를 무사히 넘겼으나 40대 초반에 3차신경통이란 듣도 보도 못한 병통이 찾아들었다. 게릴라 기습처럼 느닷없이 닥치는데 귀 뒤쪽 후두부를 전기침처럼 쑤셔대고 전기톱처럼 저며 대는 그 통증은 필설로 다할 수가 없다. 방치하면 안면근육 마비가 오고 얼굴이 돌아가 밥 먹기조차 힘들어진다. 하여간 그 고약한 병증을 15년 넘게, 잊을 만하면 찾아오는 빚쟁이처럼 달고 사는 동안 갑상선암 수술을 하게 되어 5년여에 걸쳐 항암치료도 해야 했다.

이후 편두통, 견비통, 좌골신경통 따위는 연중 단골손님으로 모시고 사는 중에 근년 들어 신기한 귀빈을 맞게 되었으니 다발성 근염이라는 난치성 희귀질환이다. 이 병에 '신기한'이란 수식어를 붙이는 이유는 완치의 수단이 없다고 알려진 중병인데도 남들은 당사자가 병을 앓고 있는지를 모른다는 데 있다. 그녀 정도 초기 상태에서는 겉으로 보긴 멀쩡한데도 사지의 근육이 점점 훼손되고 무력화되어 노상 넘어지고 바닥에서 단번에 일어나거나 높은 데 있는 물건을 꺼내지 못하고 병마개를 제 힘으로 열지도 못하는 등 일상생활이 꽤나 불편하다는 게 그 대표적 증상이다. 심해지면 장기 근육까지 훼손된다 하니 몸서리쳐질 일이지만 다행히 그전에 명의 지인의 처방으로 발병 전 상태의 6할 정도는 근력을 회복하였다. 한창 안 좋을 때 다급한 마음에 대학병원 류마티스내과에서 처방한 스테로이드 복용을 수개월 했는데 부작용이 너무 커서 한방으로 전환한 것이다. 길에서 다른 이들 놔두고 하필 그녀에게 다가와 왕만두집 위치를 물어보는 이들이 생길 정도로 풍선처럼 부푼 얼굴을 하고 있을 즈음 명자는 사실 많이 비감스러웠다. 이렇게 더 살아서 뭘 하겠나, 싶은 절망감에 그녀 사후에 대한 준비가 돼 있을 리가 없는 자식과 남편의 처지를 떠올려 보며 한숨짓기도 했다.

그럴 즈음엔 3차신경통 따윈 사소하게 여겨져서 기습을 당했을 때도 그 통증을 대수롭잖게 받아들였던 것 같다. 그런데 오늘 그 3차신경통이 또 문제인 것이다. 그것도 전면전으로라도 갈 듯이 육박해오고 있는 이 심상찮은 느낌……! 명자는 한 페이지만 더 하려던 번역 작업을 접고 컴퓨터 앞을 물러나려다 자주 들어가는 인터넷 카페를 클릭했다. 그 카페엔 휴식과 명상에 좋은 음악들이 더러 올려져 있기 때문이었다. 음악방을 클릭하려다 자유게시판에 새로 올라온 영상을 발견한 그녀는 '태양계의 실제 움직임'이란 제목에 끌려 그것을 클릭했다. 누가 제작했는지 모르겠지만 태양계의 모습을 컴퓨터그래픽으로 재구성한 동영상물인데 그것을 보며 명자는 잠시 머리의 통증을 잊었다.

시속 78만km의 속도로 움직이는 태양과 그 주위를 도는 행성들은 평면도로 봤을 때와 달리 입체도로 보니 단순히 회전하고 있는 게 아니라 소용돌이치고 있었다. 태양은 마치 혜성처럼 그 후류에 행성들을 끌고 다니며 어딘지를 향해 나아가고 있었는데, 태양도 행성들도 소용돌이 모양으로 움직이고 있었다. 과학 용어로는 그것을 볼텍스vortex 운동이라고 부르는 듯, 그 동영상은 계속해서 은하계, 고사리, 장미꽃, 유전자 구조, 회오리바람 등을 보여주면서 모든 생명은 이렇게 볼텍스 운동을 한다고 자막으로 설명했다. 그리고 마지막으로 덧붙이는 말이 이러했다. "우주 공간 속을 달려가면서 이 사실을 생각하시라."

우주 공간 속을 달려가면서 생명의 소용돌이 현상을 생각하라니! 명자는 순간 머리에 전기가 들어오는 느낌을 받았다. 3차신경통이 주는 전기고문적인 느낌이 아니라 꺼져 있던 전구에 불이 환하게 밝혀지는 느낌이었다. 아, 내가 어디론가 소용돌이치며 나아가고 있구나.

그래서 이리 몸살을 하는구나. 질병도 존재의 운동이구나. 내 존재를 평면도가 아닌 입체도로 조망하면 그렇겠구나. 나는 이제껏 인생을 오르고 내리는 포물선이거나 돌고 도는 순환의 원으로 파악했었는데, 이렇게 소용돌이치며 나아가는 세계가 있구나. 나는 하나의 생명이니 내 세계도 그러하겠구나. 그녀의 머리 속에서 만가지 생각이 소용돌이쳤다. 그러는 동안 명자도 자명이도, 개똥이도 똥개도 다함께 크나큰 생명의 소용돌이 속으로 녹아들었다. 다함께 소용돌이치며 어딘지 모를 곳으로 이동해 가고 있었다. 오메가 포인트*가 곧 눈에 잡힐 듯했다. 아득한 듯 가까웠다. 광대한 듯 조밀했다. 심오한 듯 단순했다. 온 천지가 하나인 듯 따로인 듯 소용돌이 속에서 요동치고 있었다.

명자는 침을 흘리며 졸다가 친구가 걸어온 전화 소리에 깨어났다. "얘, 자명아! 별일 없니? 네 꿈을 꿨어." 중학교 동창이 수화기 너머로 걱정스레 안부를 물었다. 그 친구는 이름이 바뀐 걸 알면서도 소싯적부터 자기가 알던 이름으로 그녀를 부른다. 잠이 보약이구나! 명자는 신통하게도 자기 머리가 열흘 만에 처음으로 아무런 통증 없이 가뿐해진 걸 느끼며 대꾸했다. "응, 잘 지내. 나도 방금 우리 꿈 꿨는데, 하하하……."

* 19세기 프랑스의 철학자이며 고생물학자였던 떼이야르 드 샤르댕 신부는 자연계의 복잡성과 인류의 인지 능력은 하나의 궁극적 상태, 그가 '오메가 포인트'라고 정의하는 종착점으로 나아가는데, 그 과정에서 전 우주와 인간의 의식이 함께 완성을 향해 진보하고 있다는 이론을 발표했다.

자매는 용감했다

"이리들 와요!"

어두컴컴한 실내 맨 구석지에서 패트릭이 두 팔을 들어 신호했다. 문 입구에서 좌석이 나기를 기다리는 한 무리의 덩치 큰 사내들 틈에 파묻혀 있던 두 여자는 반색하며 피터가 확보한 좌석으로 잽싸게 다가갔다.

'루스터'란 상호에 걸맞게 이 업소는 평소 수탉처럼 우쭐대는 사내들로 소란스러웠으나 풋볼 경기가 있는 날이면 남녀노소가 다 같이 어울려 홰를 쳤다. 노랑머리가 절대 다수인 풍경 속에서 검은 머리의 동양인 여자 둘은 옥수수빵에 박힌 검정콩처럼 돌출돼 보일 게 분명했으나 이런 날은 아무도 신경 쓰지 않아 좋았다. 더구나 오늘은 주州 대표팀 '버카이'가 숙적 미시건 팀과 올해의 최종 게임을 하는 날이라 온 도시가 아침부터 들썩거렸다. 우리가 한·일전을 할 때처럼 이들은 그 영원한 라이벌 팀과의 승전을 응원하기 위해 경기장으로, 광장으로, 술집으로 대낮부터 모여들었다. 그 덕에 대목 재미를 톡톡히 보는 것이 루스터 같은 동네 스포츠바들이었다. 이런 날이면 여러 대의 대형 TV 모니터를 갖춘 술집은 어느 곳이나 스포츠바로 변신했고, 아이들도 들어와서 콜라 따위의 비주류 음료를 마시며 응원할 수 있었다. 아닌 게 아니라 천사 같은 금발 아기들이 소란에 놀란 나머지 여기저기서 울음을 터트렸으나 어른들은 아랑곳없이 제 흥에 겨워 떠들어대고 있었다.

"패트릭, 여긴 두 사람밖에 못 앉잖아!"

언니가 호들갑스레 소리쳤다.

"괜찮아, 난 저 옆 테이블에 끼어 앉아 보면 돼."

"그럼 경기 해설 해줄 사람이 없어서 우린 어떡해?"

"그냥 봐요. 당신은 많이 봤으면서 뭘 그래? 처제도 이제 두 번째고……."

나는 늘 '게임보다 술'인 아일랜드 혈통의 형부가 흑맥주 두 피쳐를 시키는 것을 보고 언니 허리를 쿡 찔렀다.

"그냥 둬, 언니. 형부 우리 땜에 온 거지 풋볼 원래 별로잖아."

언니는 웨이트리스가 날라온 맥주 두 피쳐 중 하나를 자기 몫으로 들고 옆 테이블에 슬그머니 끼어 앉는 그를 보며 눈을 흘겼다.

"앞자리에 앉은 젊은 기집애들이 반반하잖아, 얘. 머린 허예 갖고 밝히긴……."

"언니, 질투하는 거야? 크크. 언니야말로 낼 모레면 할머니 될 사람이 말야."

신랑 따라 서울 와서 살게 된 조카딸이 입덧 하느라 고향 음식 타령을 하기에 강남 레스토랑에 데려가 스테이크를 사준 게 달포 전 얘기였다. 스테이크와 감자튀김, 미국 중서부 대표 메뉴인 그것들을 이곳에 와서 며칠 연달아 먹고 지독하게 체한 이후로 내 위장은 언니 집에 와 있는 석 달 동안 커피와 맥주 외에 모든 미국적 식음료를 거부했다. 이곳 주립대 민속음악과 교수인 언니 또한 지극히 한국적 식성을 가진 사람이라 자라날 때 양념이라곤 소금·후추밖에 몰랐던 형부를 빵에도 고추장을 발라먹는 사람으로 바꿔 놓았다. 2002년 월드컵 때 언니와 함께 서울에 나왔던 형부는 시청 앞 고추장 물결에 기꺼이 휩쓸렸다. 대한민국을 한 달 내내 외치고 판소리 전수자인 언니와 누가 소리꾼인지 구분할 수 없게끔 목이 패여 돌아간 그는 이후 풋볼을 배신하고 사커, 즉 축구 팬이 되었다.

그런데 삶은 이상한 것이어서, 요즘 들어 그는 자기 취향의 술집이 아닌 스포츠바에서 본의 아니게 풋볼 관람으로 아까운 주말 오후를 흘려보내는 일이 잦아졌다. 언니가 자신이 근무하는 대학의 풋볼팀이 미국에서 내로라하는 주 대표팀이란 사실을 새삼 발견하고 경기 관람에 열을 올리기 시작한 이후로 미식축구에 대해 나만큼이나 무식한 그녀를 위해 전속 경기 해설자가 돼야 했던 것이다.

그런 형부가 좀 안됐다는 생각에 위로의 말이라도 건넬 셈으로 고개를 돌리니 그가 앉았던 자리가 비어 있었다. 피쳐에 맥주는 반쯤 남은 채였고 그 옆자리 남자는 마주 앉은 여자와 얘기 중이었으나 함께 있던 여자 하나는 보이지 않았다. 언니가 판소리로 연마된 걸쭉한 목소리로 물었다.

"어디 갔어요, 이 사람들?"

작은 체구에서 나온 예상치 못한 목청에 여자가 놀란 듯 파란 눈을 동그랗게 치뜨더니 대꾸했다.

"제 옆에 있던 아가씬 화장실 간 거 같고요…… 앞엣분은 모르겠네요."

"같이 오신 거 아니에요, 그 아가씨?"

"그냥, 여기 오면 가끔 마주쳐서 얼굴은 낯익지만 모르는 사람이에요."

언니가 나를 보고 어처구니없다는 표정을 지었다.

"뭐야, 이거? 여자 혼자 게임 보러 왔다는 거야?"

"왜, 그럼 안 돼? 여기 혼자 게임 보러 온 남자들도 있잖아."

"남자랑은 다르지…. 여기서도 여자 혼자 이런 데 다니는 경운 거의 없어."

"그럴 수도 있지 뭘. 싱글들이 이런 데 와서 남자 사귈 수도 있는 거잖아."

"하긴… 여기도 술집이니 그럴 수도 있겠네……. 근데 이 남잔 술도 얼마 안 마셨구만 벌써 화장실 간 거야, 뭐야?"

뭔가 찜찜해하는 얼굴로 언니는 자기 맥주잔을 집어 들더니 단숨에 바닥을 냈다.

그때 실내에 와~ 하는 함성이 물결처럼 퍼지며 TV에서 경기 시작을 알리는 휘슬이 울렸다. 형부는 아직 돌아오지 않고 있었지만 우리 자매는 어쨌든 버카이 팀이 상대편 진영으로 공격해 들어가 골라인에 조금이라도 다가가는 기색만 보이면 박수치고 소리를 질러댔다. 언니뿐 아니라 나도 국악 전공에 한때 판소리를 배우다가 민요 쪽으로 전환했기에 소리 지르는 거라면 한 '포스' 했다. 약 15분가량이 지나고 전반 경기의 반인 첫 쿼터가 지나고 분위기가 달아오르면서 상대편 팀에서 반칙이 나오기 시작했다. 언니 말로 심판의 노란 수건이 바닥에 던져지면 반칙이 판정된 거라 했다. 스포츠바의 관중들은 야유하고 난리를 치다가도 상대팀의 반칙으로 공격팀이던 자기네 편이 야드 전진을 하게 되자 신이 나서 휘파람을 불어 제쳤다. 공격과 수비가 번갈아 일보일퇴하며 전반전이 3:3 백중세로 마무리될 즈음까지 형부도 그 앞자리에 앉았던 아가씨도 나타나지 않았다.

그러나 언니는 해설자 없이도 자신이 경기를 웬만큼 보아내고 동생한테도 뭔가 아는 척할 수 있다는 게 신이 나는지 개의치 않고 응원에 열을 올렸다. 오히려 나는 좀 신경이 쓰여 게임에 집중하기가 어려웠고 어차피 이해 못하고 그냥 남들이 소리 지르면 그대로 따라 지를 뿐인 응원인지라 화면에서 눈을 떼고 실내 여기저기를 살폈다.

그러던 중 눈에 들어온 것이 좀 전에 형부 앞자리에 앉았던 아가씨였다. 그녀는 가슴에 빨간 수탉을 새긴 유니폼으로 갈아입고 바 카운터에서 술을 섞고 있었다. 나는 언니 옆구리를 찌르며 턱으로 그 모습을 가리켰다.

"아, 바텐더였던 거야? 여기서 근무대기 하고 있었나 보지…… 가만?"

언니는 중얼거리더니 갑자기 벌떡 일어나 여자가 있는 쪽으로 걸어갔다. 언니의 어깨 너머로 그때서야 카운터바 스툴에 앉아 있는 형부의 뒷모습이 들어왔다. 그는 무엇이 재밌어 웃는 중인지 어깨를 앞뒤로 흔들고 있었다. 나는 은근히 걱정이 되기 시작했다. 이거 뭐 부부싸움 나는 거 아냐? 형부, 간도 크네. 마누라 보는 앞에서…….

하프타임 휴식이 끝나고 후반전이 시작되었다. 미식축구에 관한 한 완전 문맹인 내 눈에도 버카이 팀의 약진세가 뚜렷했다. 7:4로 홈팀이 앞서고 있을 즈음 언니는 손에 칵테일 두 잔을 들고 자리로 돌아왔다.

"고향 사람이래. 아일랜드에서 유학 와 알바 뛰고 있대, 저 아가씨. 사커 광팬인데 여기선 그걸 못 봐 한이라나. 2002 월드컵 때 한국도 갔었는데 그 뒤로 한국 축구팀 팬이 됐다는구먼. 미식축구랑 친해지려고 노력 중인데 잘 안 된대. 패트릭이 걔랑 싸커 얘기 하느라 신바람 났어. 술도 저 좋아하는 아일랜드 위스키 마셔 가며. 그러고선 미안하니까 이 비싼 칵테일을 다 시켜 주네. 하하."

"그래, 형부 계속 거기 있겠대?"

"뭐. 고향 사람끼리 좀 놀라지 뭐. 우린 우리대로 놀자."

마침 TV 화면에는 홈팀 선수가 억센 태클을 제치고 터치다운을 성공시켜 단번에 6점을 올려놓자 우레와 같은 박수와 함성이 일어났다. 잠시 딴청 팔고 있던 우리는 얼떨결에 약속이라도 한 듯 외쳤다. **대~한민국!** 우리의 전통 소리로 연마된 대한의 딸들이 질러대는 파워풀한 목청에 노랑머리 파란 눈들이 일제히 돌아보았다. 우리 목소리가 거기까지 들렸는지 카운터바의 두 아일랜드인이 웃으며 엄지손가락을 우뚝 치켜 보였다. 우리는 다시 한 번 외쳤다. **코리아 스타일!**

우리 딸은 P세대

우르릉 우르르~

초복도 지났는데 장마는 그칠 기미가 없다. 베란다에 널어놓은 눅눅한 빨래를 걷어 들이던 명자는 요란한 천둥 소리를 내며 또 한바탕 퍼부어댈 기세인 하늘을 향해 눈을 흘겼다.

우르르 우르르 우지끈 꽝!

"어마야!"

딸애가 비명을 지르며 제 방에서 튀어나와 명자 곁으로 달려왔다. 질린 눈빛으로 숨을 몰아쉬는 이 애는 평소 좀 지나칠 정도로 자신만만해 뵈던 'P세대' 아가씨가 아니다. 딸애는 자기가 참여Participation, 열정Passion, 힘Power을 바탕으로 사회 패러다임의 변화를 일으키는 세대Paradigm-shifter를 약칭하는 P세대라고 알려주었었다. 허나 이럴

때 보면 P세대이되, 그 P가 '패닉Panic 반응'의 P가 아닌가 싶다.

겨우 천둥 소리에나 기겁을 하고… 쯧쯧! 명자는 딸애를 끌어안고 어린 아기처럼 다독거리다가 문득 언젠가 그 애가 난데없이 심각한 표정을 지으며 토로했던 말을 떠올렸다.

"엄마, 나는 세상에서 다른 건 무서운 게 없는데 천재지변이 제일 겁나. 가위에 눌리거나 악몽을 꿀 때 내용도 다 그런 거야. 지진이나 홍수, 아님 태풍이나 쓰나미가 예고 없이 닥쳐서 내가 뭘 어떻게 해 볼 여지도 없이 모든 게 끝나 버리는 상황…… 오지도 않은 그런 일이 닥칠까 봐 미리 두려워하는 피해망상증 같은 게 나한테 있나 봐."

그렇지, 그런 상황이 오면 누구나 무력하게 종말을 맞을 수밖에 없겠지. 그런데 삽시간에 자신의 존재를 무화시켜 버릴 그런 재앙이 천재天災가 아닌 인재人災일 수도 있다는 걸 이 아이의 무의식은 알고 있는 게 아닐까? 명자는 수년전 딸애의 그 말을 처음 듣던 순간 서늘한 자책감에 빠져들던 기억이 되살아나면서 가슴이 저려 왔다. 미안하다, 아가야……! 명자는 입으로 발설하진 못했지만 마음으론 지난 이십여 년 간 수없이 용서를 빌어 온 그 일을 떠올리며 딸을 꼭 끌어안았다.

무릇 부부싸움이란 게 그렇듯이 그날 그들의 다툼도 시작은 미약했으나 나중은 창대했다. 지금은 구체적으로 무엇이 발단이었는지 기억도 나지 않는 둘 간의 사소한 시비가 그날 저녁 남편의 폭음으로 이어졌고, 명자는 반쯤 제정신이 아닌 그에게 포문을 열어 아침부터 준비해 둔 최신 박격포를 발사했다. 시인 아버지의 유전자가 유독 부부싸움 시에만 발현되어 가능해지는 예리한 수사학을 주원료로 한 그 신기종 포탄은 남편의 눈과 가슴을 뒤집어지게 만드는 데 성공했다. 그는 오랑우탄처럼 가슴을 두드려 대다가, 애꿎은 바람벽에 주먹탄을 날리다가, 몇 안 되는 값나가는 세간을 박살내다가 제풀에 지쳤는지 화장실로 들어가 버렸다. 명자도 악을 쓰며 울다가 지쳐 방바닥에 널브러졌다. 잠시 졸았는지 넋이 나갔었는지, 문득 정신을 차려 보니 남편이 화장실에 들어가서 반시간이 넘도록 나오지 않고 있다는 데 생각이 미쳤다. 전력이 있는 그인지라 명자는 머리털이 쭈뼛섰다. 화장실 문은 잠겨 있었고 두드려도 아무 대답이 없었다.

명자는 비상 열쇠 꾸러미를 찾아 화장실 문을 열었다. 남편은 물을 반쯤 채운 욕조에 옷을 입은 채 누워 있었는데 의식이 나간 듯 보였다. 물은 이미 벌겋게 물들어 있었다. 내가 못 살아! 명자는 남편의 빰을 여러 번 세게 쳐서 그를 깨우는 데 성공했다. 강시 같은 그를 일으켜 세워 어떻게 방으로 데려왔는지 모른다. 아무튼 집 안에서 붕대로 쓸 만한 천이란 천은 다 동원하여 손목의 절개 부위를 지혈시켰다. 그러는 동안 정신이 좀 돌아온 듯한 남편은 그녀가 처치하는 대로 순순히 응하며 눈물을 흘렸다. 명자는 한풀 꺾여 보이는 그에게 오금을 박았다. 당신이 이런 식이면 우린 살 수가 없어. 애도 마찬가지야. 다 같이 끝장날 거라고! 망연자실해 있던 남편이 괴로운 듯 얼굴이 일그러졌다.

그런 남편을 보자 명자는 일단 휴전을 해야겠다는 생각을 하며 피투성이가 된 손을 닦으러 화장실에 갔다. 손을 닦고 세수를 하고 거울을 보니 헝클어진 머리에 퉁퉁 부은 눈두덩을 한 흉측한 몰골이 떠올라 있었다. 그 와중에도 귀신이 따로 없구나, 싶어 비감스런 실소가 나오는데 아랫도리의 느낌이 이상했다. 발밑에 핏방울이 떨어져 있는데 아까 남편이 흘린 피와 색이 달랐다. 더 검붉고 걸쭉한 느낌을 주는 피였다. 팬티 부위를 만져 보니 온통 축축했다. 명자는 팬티를 내리고 얼른 변기에 올라앉았다. 피가 뭉클뭉클 쏟아져 내렸다. 아악! 남편이 명자의 비명 소릴 듣고 달려왔다. 첫아이가 유산된 후 불임될까 두려워하던 중에 어찌어찌 그녀 안에 깃들어 무탈하게 다섯 달을 지내 온 아이였다. 명자는 변기에 앉은 채 자신이 떠올릴 수 있는 모든 초월적 힘에게 울며 매달렸다. 제발 이 아이를 지켜 주시옵소서! 저희가 정말 잘못했습니다. 다시는 그러지 않겠습니다. 한 번만 용서해 주시옵소서.

명자가 매달렸던 초월적 힘들은 용서의 은총을 베풀었다. 출혈은 잠시 후 멈추었고 아이는 이후 다섯 달을 더 엄마 뱃속에서 착하게 살다가 무사히 바깥세상으로 나왔다.

그러나 명자는 자기가 한 약속을 지키지 못했다. 아이가 두 돌 좀 지났을 때쯤인가 명자와 남편은 또다시 시작은 미약하나 나중은 창대한 부부대전을 벌였다. 그리고 이번에는 남편이 아닌 명자가 먼저 사고를 쳤다. 수습할 길 없이 치달아, 감정의 막다른 골목에 이른 그녀는 욕실에 들어가 손에 잡히는 대로 세제를 목구멍에 들이부었다. 그중에는 섬유유연제도 있고 락스도 있었다. 그러나 초월적 힘들은 또 한 번 은사를 베풀기로 했는지 그녀는 위세척도 없이 그 위기를 넘겼다. 아빠 없는 아이가 될 뻔했다가, 태어나지 못할 뻔했다가, 엄마

없는 아이가 될 뻔도 했던 딸은 명자 부부가 그 난리를 치는 동안 자기 힘으로 할 수 있는 게 없었다. 그 엄청난 재앙의 위협들 앞에서 그 아이는 전적으로 무력했다. 파워리스Powerless! 아이는 요즘 세상에서 P세대로 불리기 이미 오래전부터 P세대였다.

우르르 쾅! 천둥은 언제나 딸애를 겁먹게 한다. 명자는 가슴에 통증을 느끼며 혼잣말을 한다. 다 내 탓이야…….

빈 집

사십 년 하고도 네 해나 더 묵은, 서울서 제일 오래된 아파트 단지의 사십 평대 주거 공간인 그 집은 주로 비어 있다.

주민등록상 그 주소지에 동거자로 올라 있는 사람은 네 명이다.

화가인 세대주는 늘 서울 서남쪽의 소도시에 있는 자기 화실에서 밤낮 없이 술과 라면과 고독의 힘으로 누구도 알아주지 않고 잘 이해하지도 못할 그림을 그리며 지낸다.

소설가인 그의 아내는 요양을 구실로 서울 동북쪽의 시골 동네에다 얻은 원룸 글방에서 자신의 난치병이 자아내는 우울과 인간살이에 대한 허무감에 저항하려는 몸부림 속에서 글을 쓴다.

엔지오 계열 직장에 다니는 그들의 딸은 아프리카에 파견되어 모기와 정전과 단수를 때 없이 견뎌야 하는 원초적 환경의 주거 겸용

사무소에서 생활하며 자기긍정과 지구촌 시민의식을 포기하지 않으려 안간힘을 쓰고 있다.

그 젊은이의 할머니는 아들의 작업실과 좀 떨어진 동네에서 자신이 소유한 다가구주택의 한 귀퉁이에 고사 직전의 당산목처럼 버티고 앉아 노령에 점점 감당키 어려워지는 세입자들과의 실랑이를 이어가며 수년째 시세가 바닥인 그 구옥이 팔릴 날만 기다리고 있다.

지금의 아파트에 이사올 때까지 그들은 일년 365일을 같이 살았다. 또 이사 온 후로도 그들은 함께 산다는 생각을 버린 적이 없다. 하지만 오늘도 그 집은 비어 있다.

2015년 어느 여름 밤, 네 식구는 제각기 다른 곳에서 제각기 잠자리에 들며 제각기 가족을 떠올린다. 빈 집의 네 방마다 불이 켜지고 두런두런 얘기 소리가 난다. 늘 그래 왔던 것처럼 그들은 빈 집에서 함께 산다. 아마도 그 집은 앞으로도 꽤 오랫동안 팔리는 일 없이 비어 있을 것이다.

식구

초로의 남녀가 저녁 밥상을 마주하고 앉았다. 여자가 무슨 검사를 받기 위해 며칠간 병원에 입원했다 집에 돌아온 저녁이다. 오랜만에 남자를 위해 저녁을 차리는 여자는 반찬을 여러 가지 준비했다.

남자는 모처럼 입맛이 나는지 후루룩 쩝쩝 소리를 내며 열심히 먹다가 말했다.

"다행이야, 검사 결과가 괜찮아서. 걱정했지, 다신 당신이 차려주는 밥상을 못 받게 될까 봐."

"나도 은근히 걱정됐더랬어요. 내가 아프면 다 큰 애들이야 그렇다 치고 당신, 어떡하나 싶어서."

"맞아. 당신한테 무슨 일 생기면 난 정말 큰일이야. 뭣보담 밥을 못 먹어 굶어 죽을걸?"

"굶기는요, 왜. 사먹기도 하고 살림해 줄 사람을 고용하면 되지."

"아냐. 당신이 해주는 음식 맛에 길들여져 하루 이틀 이상은 때우기 힘들 거야. 지난 며칠간만 해도 아무 식욕이 안 나던걸. 그러니까 당신 절대로 아프면 안 돼, 알았지?"

"당신도요. 사고나 병으로 당신이 먼저 가버리면 나도 굶어 죽기 십상이야. 밥이야 평생 해온 거니 못할 거 없지만, 무슨 음식을 해놓은들 맛있게 먹어 주던 사람 생각이 나서 목에 넘어가겠수?"

"그럴까?"

"그럼요!"

"하하, 우리 피차간에 아프지 말고 상대방 사는 날까지 살아 줘야겠구먼."

둘은 침묵 속에 다시 쩝쩝 짭짭 저녁밥을 먹었다. 그렇게 먹다가 남자는 코를 팽 풀었고, 여자는 잠시 고개를 돌려 한 손으로 눈가를 스윽 훔쳤다.

상형문자

마침내 당신의 편지를 받았습니다.

해마다 보내셨을 텐데 늘 무심히 지나쳤다가 오늘 저무는 가을 해가 드리운 황금빛 잔광에 눈이 부셔 고개를 떨구는 순간 보았습니다. 자주 다니는 골목길 어귀에 쌓여 있는 한 무더기 잡석 사이에서 환한 빛을 발하며 눈길을 잡아챈 한 장의 낙엽 편지를.

20만 년 전 미토콘드리아 이브가 그랬듯이 어머니만이 전해줄 수 있는 절실한 사연을 모르스 부호처럼 찍어 놓은 당신의 미묘한 필적을 알아볼 수 있는 사람은 오직, 나뿐일 것입니다.

'너의 때가 되었구나.'

당신은 편지 서두를 그렇게 열었습니다.

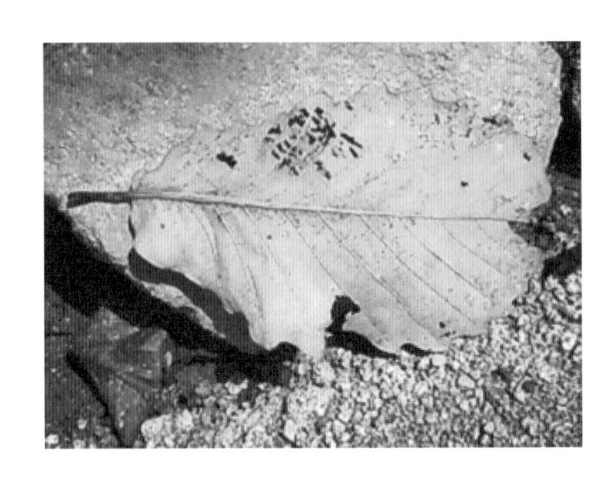

'너의 일을 미루지 말거라. 때를 놓치면 이젠 돌이키기 어려운 나이가 되었잖니.'

아, 당신은 제 속을 훤히 들여다보고 계셨군요.

'반죽을 준비하거라. 누룩은 이미 내가 전했느니라.'

내가 이미 그걸 가졌다고요?

'나도 전해 받은 것이었지. 내 어머니도, 내 어머니의 어머니도, 내 어머니의 어머니의 어머니도……. 모두 그렇게 전해 받아 그 일을 했단다. 그러니…….'

당신의 편지지는 아주 작은 것이어서 긴 얘길 하기 어려웠던지 다소 급하게 맺음을 하려는 듯 느껴졌지요. 왜냐하면 당신은 나만이 눈치 챌 수 있는 흘림체로 안타까운 한숨을 표시한 다음 내 이름을 부르며 이렇게 적었어요.

'어둠의 안식에 유혹받지 말고…….'

역시 당신은 생전에도 그랬듯이 나를 정말 잘 아셨습니다.
'힘겨워도…….'
아, 그래요. 힘겨워도 가야 할 나의 길이 남아 있다는 거지요. 그런데 당신의 이 마지막 전언은 뭡니까?
'네 시간을 이기거라!'

갈바람 휘날리는 어스름녘, 골목길에 쭈그리고 앉아 벌레 먹은 가랑잎 한 장에 새겨진 상형문자를 해독하다가 나는 그만 울음을 터뜨렸습니다.
당신의 20주기 기일을 앞두고 날아든 영혼의 편지, 그 사랑 넘치는 편지에 담긴 메시지가 너무나 냉철해서 견딜 수가 없었거든요. 모든 여성의 유전자적 조상이라고 알려진 미토콘드리아 이브 이래 인류의 모성은 이런 사랑으로 시간을 이겨 온 걸까요?

세 별 이야기

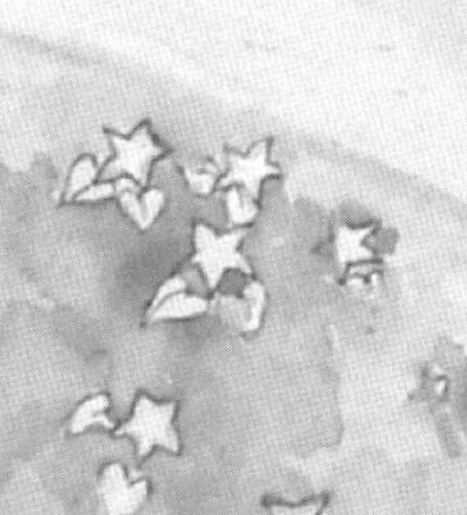
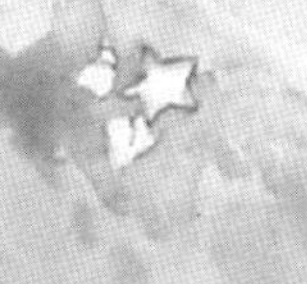

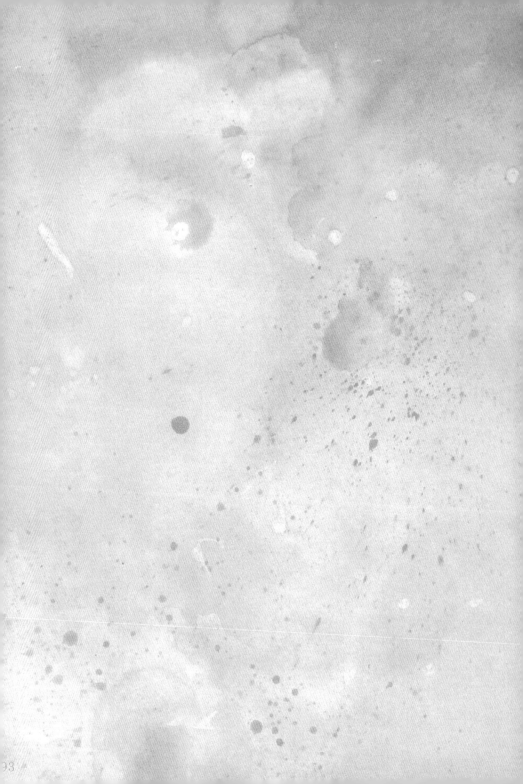

세 별 이야기

우주력 100억 년에서 200억 년 사이 알 수 없는 시점에 태어난 수많은 은하계 별들 중에 알 수 없는 기준에 의해 '벨라지오형' 행성으로 분류되는 두 개의 작은 별이 있었다. 이 두 소행성의 이름은 '지키오'와 '바꾸오'— 그 명칭들의 어감이 시사하듯 각각의 별에는 유다르고 편향된 특성을 지닌 백성들이 거주했다.

그들은 생긴 모습부터 확연히 차이가 났다. 생겨난 지 더 오래된 별인 지키오 행성의 백성들은 두상과 몸매가 둥근 꼴이었다. 신체의 모습은 그 지름이 상하 또는 좌우로 짧거나 길거나 해서 개개인의 차이가 있었지만 눈동자는 하나같이 오른쪽으로 쏠린 사시였다. 이것은 그 행성 백성임을 증명하는 증표와도 같았다. 훨씬 뒤에 생겨난 별인 바꾸오 행성에는 네모난 두상과 네모난 몸매를 한 백성들이 살았다. 이들 역시 상하 혹은 좌우로 길든지 짧든지 해서 개별적 차이를 드러냈지만, 눈동자가 모두 왼쪽으로 쏠린 사시란 점에서는 모든 백성이 같았다.

이렇게 다른 신체적 특성을 지닌 두 행성의 백성들이건만 그들은 각기 멀리 떨어진 자기 별에서 오랜 시간 평화롭게 살았다. 일제히 한 방향을 보는 시각에 기초하여 만들고 발전시켜 온 사회제도가 개개인의 소소한 욕구 차이를 아우르기에 별 무리가 없었던 것이다.

지키오 행성 백성들은 무엇이든 예전의 방식대로 하기를 좋아하여 한번 자신들이 추대한 지도자 집단을 수백 년 동안 싫증내지 않고 기꺼이 따랐으므로 그 세력은 자연히 행성의 지배계층으로 자리잡고 세습까지 해가며 대대손손 그 권한을 누렸다. 그러다 보니 더 가진 자들은 계속 더 가진 자로 살고 덜 가진 자들은 계속 덜 가진 자로 살았으나 지키오 백성들은 별 불만을 품지 않았다. 태어나서부터 그런 세상에서 살아왔기에 삶이란 원래 그런 거라고 이해하고 적응할 뿐이었다.

그런 가운데 지키오 행성은 느릿느릿 안온한 역사를 이어갔으며 나름대로 풍요로운 문화를 자랑하게 되었다. 안정과 평화의 세월이 오랫동안 지속되었다. 그러다가 알 수 없는 우주적 조화의 작용으로 그 평온은 균열의 계기를 맞게 되었다.

그 균열은 지키오의 하층민 백성들이 수십 세대에 걸쳐 피땀 흘려 축조한 백만리장성이 완성된 것과 때를 같이했다. 장성의 위용을 가장 가까운 이웃별인 바꾸오 행성의 백성들이 보게 됐을 때 그들은 충격을 받았다. 지키오와 달리 바꾸오에서는 옛 것의 계승을 좋아하지 않았을뿐더러 이전 방식의 답습을 죄악시하는 경향까지 있었다. 당연히 지도층은 수시로 바뀌었고 누구도 경륜이나 기득권을 내세워 득세할 생각을 하지 못했다. 모든 것이 그때그때 사안에 따라 새롭게 선출된 리더들의 지도 하에 새로운 방식으로 전개되고 진행되었으며, 아무도 어떤 일에서건 장기적인 권한을 갖지 못했다. 그들에게는 '변화'만이 변함없이 유효한 치세 이념이자 전략이기에 전통과 경험의 온축은 제아무리 쓸 만한 것이라도 평가받기 어려웠다. 이렇게 끝없이 변화에 변화를 거듭하며 달려온 바꾸오 행성은 절대 권력이라든가 절대 권위 따위와는 무관한 구조 속에 모든 백성이 평등한 권한과 의무를 가지며 그 나름 태평시대를 오랜 세월 이어갔다.

그런데 세우고 무너뜨리기를 무수히 반복하는 변동의 급류 속에서 그 행성은 스스로 걸어온 진화의 과정을 증거할 흔적물을 별로 보존하지 못하였다. 그런 아쉬움에 대한 여론이 바꾸오 행성 백성들 사이에서 조금씩 일기 시작할 무렵, 이웃 행성의 몸체를 거대한 뱀처럼 구불구불 감아 두른 백만리장성의 엄청난 모습이 그들의 항공탐사대에서 설치한 위성 레이더망에 잡혔다. 영상매체를 통해 그것이 방송되어 나가자 바꾸오 백성들은 입을 다물지 못한 채 강렬한 질투심에 사로잡혀 외쳤다. 장엄하도다!

새로운 학문과 기술의 추구에 있어 늘 기록을 경신해 온 바꾸오 행성의 백성들이었다. 그래서 그들은 우주과학과 항공기술에서 괄목할 성과를 이루었고 그 성과에 힘입어 타 행성으로 우주비행을 여러 차례 시도하기도 했다. 아직까진 가장 가까운 행성인 지키오 별까지 가는 비행조차 온전히 성공시킨 적이 없기에 그들은 그것을 목표

삼아 기술 개발에 박차를 가했다. 지키오보다 나중에 생겨난 행성인 바꾸오는 젊은 만큼 혈기방장하고 패기가 넘치는 별이었다. 무언가 목표를 정하면 뒤돌아보지 않고 전력질주 하는 것이 그 행성 백성들의 기질이었으므로 지키오 행성 원정은 오래지 않아 실현이 가능해졌다. 소수 정예팀을 태운 첫 우주선이 발사되어 성공적 착륙이 확인되자 바꾸오 행성은 축제 분위기에 휩싸였다. 그 기세를 몰아 2차 정예팀이 곧 꾸려졌고, 그 역시 성공하자 이번에는 대규모 단체여행이 기획되었다. '그 별에 가고 싶다—지키오 행성 여행 러시'라는 표제의 기사가 연일 바꾸오 행성 매체 뉴스에 톱라인으로 올랐다. 이렇게 해서 수백 명에 달하는 대규모 여행팀이 꾸려졌고 그 또한 1차, 2차의 성공과 함께 누구나 갈 수 있는 여행으로 대중문화 속에 자리 잡았다. 외계어인 지키오어 배우기 열풍이 분 것은 물론이다.

그러는 동안 지키오 행성에서는 정신없이 쏟아져 들어오기 시작한 바꾸오 관광객들을 어떻게 수용해야 할지 고민에 빠졌다. 처음에 몇 명씩 올 때는 외교사절을 대하듯 일편 경계하는 가운데 정중한 예의를 갖춰 대했으나 한 철에 여러 차례 수십 명씩 무리 지어 들어오기 시작하자 외계민 정책을 세울 필요가 대두되었다. 잠시 관광만 하고 돌아가는 것이 아니라 개중에는 무리에서 이탈하여 불법체류까지 하는 사태가 심심찮게 벌어졌던 것이다. 정부에서는 각료회의를 열어 대책을 논의했는데, 백성의 노령화로 노동력 부족을 심각하게 앓고 있던 산업계 대표가 분야별 쿼터를 정해 취업이민을 받아들이자는 제안을 했다. 산업계 노동력 문제의 심각성을 익히 알고 있던 각료들은 모두 찬성했고 곧이어 외계민 취업이민 관련 법안을 통과

시키게 되었다. 지키오 행성 백성들은 정치·철학·역사·예술 등 인문·사회과학 부문에 비해 과학기술 발전에는 크게 힘쓰지 않고 살았기에 자연풍광이 수려하고 훼손되지 않은 청정 환경을 자랑할 수 있는 한편 신학문이라 불릴 만한 자연과학·기술 부문에서는 바꾸오 백성들에 많이 뒤졌다. 해서, 그들은 취업이민 쿼터에서 기술이민 쿼터를 가장 높게 잡았다. 그 쿼터에는 의사·과학자·엔지니어 등과 함께 단순 산업기능공이 포함되었다. 문제는 최소 쿼터로 이민이 허용된 테크노크라트, 즉 기술 관료들이 그 적은 수에도 불구하고 행정계에 변혁의 바람을 일으켜 지키오 백성들에게 다른 방식의 삶에 흥미를 갖도록 한 것이었다.

장대한 성곽, 고색창연한 사원, 전통 미술품과 유물로 가득한 박물관, 숭엄한 제사 의식, 역대 현인들의 저서를 천장 높이로 소장한 도서관, 일 년에 서너 벌 이상 지어 입기 어려운 수제 천연직물 의상들, 오랜 시간에 걸쳐 완성하여 맛과 영양이 깊은 재래 음식들, 저녁 시간을 풍성하게 하는 전통 소리꾼들의 구수한 입담과 심금을 울리는 노래…. 이런 것들 말고도 자신들의 삶을 한층 더 흥미롭고 편리하게 만들어 주는 기술문화가 있다는 것을 지키오 백성들은 그 외계 테크노크라트들이 제시해 보인 선진행복제도를 통해 알게 되었다.

그 제도의 첫 단계가 바꾸오 행성 백성들의 필수품인 휴대용 전화기를 수입하여 대중 보급 하는 것이었다. 행성 전통과 사회문화의 근간을 흔들어 놓을 수 있다는 우려와 반대가 만만치 않았지만 지키오 역사상 처음으로 행성민 투표를 한 결과 약간 웃도는 수의 찬성표를 얻어 그 제도는 첫 단추가 끼워지게 되었다. 바꾸오 별에서 수입하여 지키오 생활방식에 맞게 개조한 휴대전화, 일명 바시폰은 대단한 반향을 일으켰다. 지키오 백성들의 삶은 바지폰 이전과 이후로 나누어 얘기할 수 있을 만큼 변화를 보였다.

그것은 영원히 변치 않을 것 같던 그 사회의 통치 구조마저 시험대에 올렸다. 실시간으로 무한 소통을 할 수 있게 된 지키오 백성들은 자신들의 생각을 점점 구체적이고 대담하게 표현하게 되었다. 서로의 생각을 무시로 주고받는 가운데 이전에는 감히 발설하지 못했던 정치적 의견에 대한 공감을 확인하고, 공론을 형성하는 시스템을 구축하여 익명으로 그 공론을 유포하기에 이르렀다. 누구네 집 가장이 성곽 보수공사에서 임금을 제대로 받지 못한 채 해고됐다는 등의 개별적 불만 표출에서부터 정부 최고 지도자의 선출은 세습이나 각료들의 추대가 아닌 행성민 투표로 결정해야 한다는 식의 체제 전복적인 발언에 이르기까지 온갖 어지러운 여론들이 그 행성의 지배구조를 흔들기 시작했다.

그러나 오랜 세월에 걸쳐 기반을 굳혀 온 지배계층이 자신들의 기득권에 위협이 될 조짐을 그냥 두고 볼 리 없었다. 그들은 서로 간에 결속을 다지는 한편 행성의 경제력과 군사력을 장악할 통수권을 강화하고 백성들의 사상 재교육을 실시했다. 워낙에 둥근 신체에 우측 방향 사시를 타고난 지키오 행성의 백성들은 자신들의 오른쪽에서 사상범 수배용 고탄력 그물로 배수진을 치고 집중 공략하는 지도자들의 계도에 대부분 제정신을 차리기 시작했다.

왼쪽 방향 사시들로 네모꼴 신체를 가진 바꾸오 출신 이민자들은 그런 지키오 백성들의 생리가 이해되지 않았다. 왜 우리가 보는 방향을 보지 못하는 것인가? 어째서 세상의 왼쪽에서 전혀 다른 현실이 펼쳐지고 있다는 걸 알려고 하지 않는단 말인가? 그들은 자신들의 관점과 능력을 지키오 사회에 적용시켜 더불어 살기에 좀 더 편리한 세상을 만들어 보려 했던 선의가 이리도 쉽사리 좌절되고 만 것에 분노했다.

바꾸오 이민자들은 자신이 속한 일터나 공동체에서 점차 시니컬하고 위악적인 목소리로 자기 정체성을 표현하기 시작했다. 머지않아 지키오 사회에서는 어느 집단에서 불온한 언행으로 분열을 조장할 위험이 있다고 간주되는 자를 무차별적으로 '바꾸오 빨갱이'라고 부르는 등 반외계민 색깔론까지 생겨났다. 이에 바꾸오 이민자들은 대개가 자신들의 고용주거나 상사인 원주민 기득권층을 '지키오 파시스트'라 맞받아치며 호시탐탐 비난하기에 이르렀다.

이러한 양측의 다수 성향에 동조하지 않는 소수 중도파, 속칭 '철새'들이 틈새를 헤집고 다니며 목청 높여 화합을 촉구했으나 그들 역시 자신들의 특정한 신체적 조건을 극복하지 못하여 결국 오래지 않아 자가도태의 길을 걷게 되었다.

바꾸오 이민자와 지키오 원주민 사이에서 시도된 변혁-보수의 융합 실험은 이렇게 짧은 시간 내에 실패로 판명이 났다. 이후 양측은 각자 제 생긴 대로 시선을 둔 채 제각기 이전투구의 삶을 이어갔다. 어쩌다 한 번씩 양측에서 별종 백성이 튀어나와 먼 길을 선회하여 다른 쪽 입장에 서보고 와서 그 타당함을 전하기도 했으나 극히 드문 일이었으므로 아무도 신경 쓰지 않았다.

그 몇 안 되는 별종 중에 누가 듣건 말건 줄기차게 자기 소신을 피력하고 다니는 이민자가 하나 있었다. 이 소신파 유세객은 지키오 원주민 사회를 향해서는 개별적 민권의 강화를, 바꾸오 이민자 사회를 향해서는 역사적 연속성으로의 편입을 외치는 어지러운 행보를 보였다. 그는 한때 바꾸오에서 이름을 날렸던 지식인으로서 국가 정책 수립에도 참여하던 엘리트 경제학자였으나 대지키오 무역에 관여하던 중 지키오의 전통 도예가를 만나 사랑에 빠진 후 바꾸오에서 누리던 모든 기득권을 포기하고 이민을 감행한 이였다. 지키오에 온 뒤 테크노크라트로서 한동안 바꾸오 행성의 '선진문화' 보급의 첨병으로 활약했으나 사회 분위기가 '우향우'로 급복귀하자 설자리를 잃게 되었다. 그와 함께 지키오 연인과의 사랑도 그녀 가문의 맹렬한 반대로 위기에 처하게 되었는데, 그는 연인을 설득하여 비밀결혼식을 올린 뒤 함께 고향별에서 온 관광단의 귀성 비행 편에 밀항하여 바꾸오로 돌아갔다. 말하자면 역이민을 한 셈이었다.

그런데 막상 돌아온 그는 가족이나 지인들이 자신과 지키오 출신 아내를 바라보는 눈길이 곱지 않을뿐더러 그를 변절자 취급하는 대중 여론 때문에 예전처럼 공적 활동을 할 수 있는 상황이 못 된다는 것을 곧 깨닫게 되었다. 생활 대책이 막혀 버린 그는 아내를 데리고 오지로 들어가 대다수 지키오 백성들이 하는 것처럼 자연농법으로 농사를 짓고 짐승을 쳤다.

이렇게 살면서도 이따금 학자 기질을 발휘하여 수 권 분량의 저술을 하였는데, 그의 아내가 지키오식 전통 도자기를 구워 한 번씩 도시에 나가 팔아 온 돈으로 소량 출판한 그 책들은 바꾸오의 언더그라운드 도서가 되어 소수 독자들 사이에 나돌았다. 그 저술들이 일관

되게 주장하는 내용의 골자인즉, 바꾸오 사회는 정체된 진보에 갇혀 길을 잃었으며, 그 답보된 진보를 뚫고 나가기 위해서는 행성민들이 각자 자신에게 허락된 자유와 욕망의 한계를 여실히 인정하고 무한생산·무한소비에서 제한생산·제한소비로 소유의 목표를 재설정해야 한다는 것이었다. 여기에 매 저술마다 후렴구처럼 덧붙여지는 대목이 있었는데, 그가 제시한 돌파구를 빠른 시일 내에 찾지 않는다면 지키오 행성이 봉착한 심각한 계층 간 불균형의 문제를 바꾸오 행성 역시 피할 수 없을 거란 경고였다.

이 별종 사상가가 제멋에 겨워 뭐라고 떠들어대든, 또 소수 열렬 지지자들이 그를 좇아 오지로 어떠한 시대역행적 삶을 실험하러 들어가든, 바꾸오 행성의 주류 사회는 아무런 영향도 받지 않았다. 효율의 경제를 중시하는 바꾸오 정부는 지키오 행성의 선진행복제도가 초기 단계에서 제동이 걸려 더 이상 진척이 없다고 판단되자, 그 즉시 대지키오 수출 계획을 전면 백지화했다. 그런 한편 지키오산 전통 물품 수입에 대한 수요는 여전해서 지대한 무역 불균형이 꽤 오랫동안 지속되었다.

지키오 행성에서 고향별의 이러저러한 사정을 듣게 된 바꾸오 출신 이민자들은 심기가 편치 않았다. 타 행성으로 삶의 터전을 옮길 때는 그럴 수밖에 없는 이유가 있었던 그들이지만, 자기들이 아무런 변화를 가져올 수 없는 세계에서 자기 정체성을 접고 그냥저냥 살아간다는 것은 기질적으로 맞지 않았다. 그들은 바꾸오 출신 유전공학자와 의사들을 비밀리에 접촉하였다. 서로 다른 외계 종끼리의 혼종결합은 유전적으로 불가한 것으로 알려졌으나 그들은 그 문제를 바꾸오 혈통 특유의 집중력과 추진력을 발휘하여 마침내 해결했다.

이후 그들은 열정적으로 지키오 이성들과 결합을 시도했고 이민 1세대가 수명을 다 하기 전에 그 보람을 맛보게 되었다. 머리는 네모나고 몸은 둥근 꼴인 새로운 종의 2세들이 속속 태어나기 시작한 것이다. 머지않아 지키오 행성민의 구성 비율은 혼종 백성이 1할을 웃돌게 되었는데, 이때는 이미 지키오 원주민 백성들과 바꾸오 출신 이민자들이 공통적으로 품었던 우려가 주요 사회 이슈로 거론될 즈음이었다.

문제의 해결은 때로 새로운 문제를 야기하기도 하는데, 딱 이런 경우였다.

신종 백성들이 네모난 머리와 둥근 몸을 갖고 태어난 것까진 유전학 전문가들이 예상했던 바였는데, 이들의 눈이 문제였다. 혼종 결합의 당연한 결과라기엔 너무 괴이했다. 이들의 한쪽 눈이 우측 또는 좌측 방향 사시라는 것까지도 받아들일 수 있었다. 그런데 다른 쪽 눈의 눈꺼풀이 위에서 아래로 감기는 게 아닌, 좌측에서 우측으로 또는 우측에서 좌측으로 감기는 돌연변이종으로 나왔다는 것은 지키오든 바꾸오든 도저히 수용하기 어려운 사실이었다. 더 큰 문제는 이들이 성장하면서 어디로 튈지 모르는 생각과 행동을 하는 체제 부적응 세력, 나아가서 체제 교란 세력으로 자리 잡을 거라는 범사회적 선입견에 어떻게 대응할 것이냐, 하는 것이었다. 신종 아이들의 부모는 무럭무럭 커가는 자식을 보며 나날이 시름이 더해 갔다.

그러던 어느 날, 바꾸오 행성에서 새로운 행성으로 우주비행을 준비하고 있다는 소식이 들렸다. 그 행성은 태양계라 불리는 젊은 은하에 속하는 별인데, 그쪽의 환경이 '벨라지오형' 행성들과는 여러모로 달라 시험 비행을 수차례 성공시켰음에도 막상 가서 살면서 탐사를 이어가겠다는 지원자가 거의 없어 지키오 별에 협조를 요청해 온 것이었다. 초기에 부적응으로 인해 많은 희생자가 예상되는바 가급적이면 행성 공동체에 없어도 좋거나 없는 게 좋을 부류를 보낼 것을 권한다고 덧붙였다. 이 탐사대를 꾸려 보내는 대가로 바꾸오 행성은 이례적인 지원을 제시했다. 핵에너지 개발 기술을 무상 지원하겠다고 나선 것이다.

지키오 행성 정부는 환호했다. 이야말로 꿩 먹고 알 먹기가 아닌가! 골치 아픈 신종 아이들과 그 고약한 번식을 책임져야 할 부모들을 그리로 보내 버리면 익히 예상되는 임박한 사회 혼란을 미연에 방지하게 될 것이다. 거기다가 점점 늘어나는 백성들의 평균수명과 견제 정책에도 불구하고 자기증식을 포기하지 않는 이민자들로 빠르게 고갈되고 있는 화석 에너지를 충당할 대체에너지를 갖게 될 희망도 생기지 않는가! 지키오 정부는 유례없이 신속하게 움직여 바꾸오 행성의 요청에 부응하는 단계적 실행책을 수립하고 그에 필요한 조치를 실시했다. 향후 얼마간 세월을 십여 차에 걸쳐 '꼬리아 행성 이주 프로그램'을 실행한 결과, 지키오 행성에서 혼종 결합으로 태어난 신종 백성들은 거의 자취를 감추게 되었다.

그 태양계 행성에 '꼬리아'라는 이름이 붙여진 데는 좀 어처구니없는 사연이 있다. 맨 처음 정부 관리가 어느 혼종 가족에게 가서 그 행성으로의 이주를 종용하자 그 집 가장이 별의 이름을 물었다. 관리가 아직 이름을 모른다고 하자 그 가장이, 이름도 모르는 델 가란 말이오? 별꼴이야! 하고 대꾸한 데서 그 행성은 별 꼬리아란 임시명칭을 갖게 되었다. 그러다가 나중에 가서도 뾰족한 대안이 없어 그대로 정식 명칭이 되었다고 한다. 알고 보면 우주에는 이처럼 어처구니없는 배경에서 생겨난 것들이 허다하다. 이를 나중에 꼬리아 행성의 어느 철학자가 '필연의 우연'이라고 명명했다고 한다.

별 꼬리아로 이주한 지키오의 혼종 백성들이 험난한 개척기를 거쳐 그곳에 완전한 정착을 이뤄낸 지도 수백만 년 이상의 알 수 없는 세월이 흘렀다.

꼬리아 백성들은 나름대로 융성한 문화와 자유분방한 제도들을 일구었는데, 그들은 신체의 모습이나 사고방식, 행동 양태 등이 하나같이 고유하고 차이가 나서 어느 한 가지 절대 기준으로 삼을 만한 것이 없었다. 하지만 혼돈 속에 알 수 없는 질서가 있어 모두 다른 가운데 묘한 조화를 이루고 살았다. 이 현상을 후대의 꼬리아 행성 과학자들은 '카오스 이론'이란 것으로 정립해 발표하기도 했다. 꼬리아 백성들은 둥근 몸, 네모난 몸, 세모꼴 몸, 육각형 몸, 좌우 사시, 상하 사시, 좌우상하 동시 사시…. 이루 다 열거하기 어려울 정도로 다양한 모양의 신체들로 진화해 나갔고, 생각이나 행동 양상도 팔만 가지에 백팔만 변수를 곱해도 모자랄 정도로 제각각이었다.

카오스 이론에 신빙성을 부여하는 꼬리아 행성의 일상적인 사건 하나를 예로 들자면 이런 것이 있다.

어느 교회에서 한동안 자리를 비웠던 원로 목사가 강론대에 올랐다. 그가 매우 의미심장한 우주적 진리를 설교하고 나서 두 손을 높이 쳐들며 큰 소리로 감사를 올리자 강론대 아래에 있던 모든 신도

들이 "오, 주님!" 하고 화답하며 함께 손을 들어 올렸다. 그러자 그 목회자는 "주님이라니, 누가 여러분의 주님이란 말입니까? 오늘 제가 전한 진리의 소식을 제대로 이해하지 못하셨군요. 주님은 우리 각자의 마음에서 찾아야 할 대상이지, 빈 허공 어느 곳에 계신 분이 아니란 말입니다" 하고 꾸짖었다. 한 신도가 되물었다. "그럼 목사님께서 방금 누구에게 감사를 올린 것입니까?" 바로 그때 2층 발코니에 앉아 있던 공무복 차림을 한 자가 벌떡 일어나 1층 홀의 좌중을 주목시키더니 목사 대신 대답하였다. "아, 그건 내게 보낸 감사일 겁니다. 검찰 송치 전에 한 번만 더 예배를 올리게 해달라고 해서 허락한 것에 대한 인사로…." 이튿날 꼬리아 행성 대표 일간지 사회면에는 그 일과 관련 다음과 같은 요지의 기사가 올랐다.

> △△ 교회 재산 횡령 혐의 및 부적절한 이성관계로 입건된 ○○○ 목사, 검찰 송치 직전 고별 설교. 감동적 진리의 말씀에 은혜 받은 신도들 울먹이며 검찰청에 몰려와 ○○○ 목사 사면 청원.

하지만 그 목사는 꼬리아 행성의 법대로 재산 몰수와 십년 형을 선고 받았고, 워낙 연로한 그는 1년 형을 채 못 마치고 감방에서 병을 얻어 생을 마감했다. 가족이 돌보지 않는 그의 시신을 수습하여 장례를 치러 준 이는 그의 내연녀로, 이후 그녀는 목사 신령을 모시는 유명한 만신이 되었고, △△교회에 가장 많은 기부금을 내는 익명의 세월을 거쳐 결국 그 교회 여장로가 되었다.

이처럼 다른 행성 백성들의 기준에선 말도 안 되는 걸로 치부될

일들이 꼬리아 행성에서는 어렵지 않게 수용되었다. 어떤 일이든 '그럴 수도 있지' 하고 재고해 보는 관용의 심성을 지닌 꼬리아 백성들이었지만, 그런 한편 제각기 너무 다르기에 크고 작은 마찰들을 피해갈 수 없어 행성은 늘 시끄럽기 그지없었다.

하지만 한 가지, 다 옳다는 것에도 틀린 것이 있을 수 있고 다 틀리다는 것에도 옳은 것이 있을 수 있다, 라는 원칙만은 건국이념처럼 존중하기를 서로에게서 기대했다. 그들은 이 대원칙을 지키기 위해 서로 죽고 죽이는 치명적인 싸움은 절대 하지 않았다. 오랜 세월이 지난 후 더 많은 행성들의 생명체들이 자유롭게 왕래하는 시점이 되면 이른바 '별들의 전쟁'이라 명명될 범우주적 전란의 시기가 도래하게 될 것이라 사계의 학자들이 예견했다. 하지만 그때가 와도 꼬리오 행성은 스스로를 '중립의 행성'으로 선포하고 평화의 별로 남겠다는 결의를 행성민 헌장에 주요 조항의 하나로 못박아 두었다. 그 이상주의적 민의가 어떻게 변천되어 갔는지 보여주는 기록이 훗날에 나오지 말란 법이 없지만 지금까진 알려진 바가 없다.

알 수 없는 우주력의 어느 시점에서, 꼬리아 행성의 한 아이가 밤하늘을 바라보며 별을 세고 있다가 옆에 다가온 제 어머니에게 물었다.

"엄마, 저어기 제일 빛나는 큰 별에서 우리 조상들이 왔다고 했지?"

어머니가 아이의 별모양으로 들쑥날쑥한 머리통을 쓰다듬으며 대답했다.

"그래, 그게 지키오 별이야. 날이 맑아 그런지 오늘은 좀 더 멀리 있는 별도 보이는구나. 저어기 저쪽에 있는 건 우리의 첫 조상 할아버지가 태어난 바꾸오 별이야."

꽃 향기 아련히 감도는 봄날 저녁, 모자는 이미 수 광년 전에 핵폭발로 사라져 빛으로만 남은 두 행성을 바라보며 마치 고향 땅이라도 목격한 듯 즐거워했다.

작품해설

종횡무진의 아름다움

구자명은 1997년 《작가세계》에 〈뿔〉을 발표하며 등단한 이후 20여 년의 시간 동안 꾸준하게 여러 장르의 소설을 창작해 온 한국 문단의 중진작가이다. 이번 작품집은 원숙한 작가의 문학적 기량이 유감없이 발휘된 하나의 절창이라고 불러도 손색이 없다. 이번 작품집을 정독했을 때, 가장 먼저 떠오르는 단어는 '종횡무진縱橫無盡'이다. 작품의 주제의식이나 형식미학, 나아가 장르 등이 그야말로 종과 횡의 한계를 무한히 넘어서며 다채로움의 끝을 보여주고 있는 것이다. 이 작품집이 미니픽션으로 이루어진 것은 작가의 그 다양하면서도 순발력 있는 재능을 담아내기 위한 필연적인 결과로 보인다.

이 작품집에는 노드롭 프라이Nothrop Frye가 일찍이 신화에서 비롯된 문학의 대표 장르라고 말한 로망스, 비극, 희극, 풍자와 아이러니 등이 빠짐없이 포함되어 있다. 심지어 〈세 별 이야기〉는 창끝의 날카로움을 간직한 유머로 '꼬리아'의 창세기까지 들려주는 작품이다. 현실계와 환상계를 넘나들기도 하고, 웃음과 슬픔이 교차하기도 하며, 감동과 교훈이 공존하는 문학의 진경이 계속해서 펼쳐지는 것이다. 이러한 다채로움은 문체의 다양함과도 연결되어 있는데, 단적으로 이 작품에 구사된 방언의 향연만 보아도 그것은 대번에 드러난다. 충청도 방언과 이문구의 소설, 전라도 방언과 조정래의 소설, 제주도 방언과 현기영의 소설처럼 한 명의 작가와 하나의 방언을 연결시키는 것이 보통이라면, 이 작품집에는 여러 지역의 방언이 어느 하나 모자람 없이 능수능란하게 구사되어 있다. 이러한 다양함이 모두 오랜 시간의 수련에서 비롯된 문학적 고도를 확보하고 있다는 점이야말로 이번 작품집이 일종의 경이를 불러일으키는 가장 큰 이유라고 할 수 있다.

이 작품집의 주제의식 역시 결코 만만한 것이 아니다. 그것 역시 가벼움과 무거움, 진지함과 자유로움을 겸비하고 있는 독특한 심연을 확보하고 있다. 그것은 크게 신성神性과 인성人性의 동시적 지향과 조화라고 정리할 수 있다.

신성이란 이 작품에서 인간의 영성과 관련된 것으로서, 그것은 개인이라는 단단한 개체의 벽을 무너뜨리고 세상을 향해 자신의 전부를 개방하는 자세와 연결된다. 〈순례자는 강가에서 길을 떠난다〉 연작에 등장하는 순례자들은 작가가 추구하는 신성의 대표적인 체현자들이다. '나'의 소꿉친구로 마약퇴치 선교 사목을 하다가 괴한의 총탄에 선종을 한 사제가 그러하고, 가족의 따뜻한 품을 벗어나 광야로 이어지는 돌밭길로 나아가는 형이 그러하고, 화학전까지 우려되는 터키 국경의 시리아 난민 지역으로 떠나가는 그가 또한 그러하다. 이들에게는 자아에 대한 집착이 없으며 세상과 자신을 하나로 여긴다는 점에서 진정 신성에 다가간 존재들이라고 할 수 있다. 순례자들처럼 숭고하지는 않지만, 이제 재산에 대한 '집착'은 물론이고 '집착에 대한 집착'도 버린 현자(〈바늘귀의 비밀을 안 낙타〉)나 "속이 희고 껌고"를 따지지 않고 일단 배고픈 자에게 밥 한 끼를 차려주는 원산댁(〈식객〉)도 쉬워 보이지만 결코 쉽지 않은 신성에의 길을 걸어가는 사람들이다.

그러나 이 작품집은 범인凡人이 흉내낼 수 없는 신성에 대한 일방적인 강조를 통해 독자를 짓누르지는 않는다. 숭고한 것을 지향하는 것만큼이나 많은 등장인물들이 인간적인 자유로움과 편안함을 지향하기 때문이다. 자유에 대한 지향은 〈불사조의 아침〉에서 "자기 기분과 욕망의 희생을 불사하고 부여받은 본분을 사수"하여 모질게 살아남은 닭 한 마리의 모습을 통해서도 확인된다. 이러한 닭의 모습은 삶은 사라지고 생존만이 남은 "업소의 손님들"이 살아가는 모습과 별반 다르지 않은 것이다.

〈그녀의 선택〉에서 그녀는 주립대학 교수로 금발에 푸른 눈을 가진 장신의 미남 대신 밥 잘 먹고 무난한 지금의 남편을 선택한다. 그러한 선택은 아무리 좋은 삶의 조건이 주어지더라도 누군가에게 "복속"되고 싶지 않은 욕망을 따른 결과이다. 남편과의 삶에는 "시인 아버지도 벽안의 금발 지니도 수용하지 못했던 소통의 자유"가 존재한다. 그 '소통의 자유'야말로 걸작이나 돈방석과는 비교도 할 수 없이 소중

한 삶의 가치라고 할 수 있다. 〈지상의 집 한 칸〉에서 J가 오래전부터 꿈꾸는 "작고 조촐하고 기능적인 전원주택 한 채"는 작가가 꿈꾸는 자유의 구체적인 공간화에 해당한다. 〈상형문자〉에서 어머니가 당신의 20주기 기일을 앞두고 가랑잎 한 장에 새겨서 보낸 편지에 담긴 "너의 일을 미루지 말거라. 때를 놓치면 이젠 돌이키기 어려운 나이가 되었잖니"라는 메시지 역시 자신의 꿈을 이루기 위한 자유에 대한 지향으로 읽어도 큰 무리는 없을 것이다. 〈그대 검은 드레스에 벚꽃 지면〉에서 평생 "얼룩덜룩한 몸뻬 차림"으로 살던 아내에게 수의로 프랑스산 원피스를 수의로 입혀 준 늙은 남편의 회한에서도 그러한 따뜻한 인간의 정은 확인할 수 있다.

경쾌한 신성과 진중한 인성의 아름다운 조화를 추구하는 것에서 그치지 않고, 이번 작품집에는 날카로운 비판 정신을 통해 익숙하게만 받아들여 온 현실을 새롭게 응시하게끔 하는 작품들도 적지 않게 존재한다. 현실에 대한 비판적 의식이 작동할 때, 작가가 주로 활용하는 것은 일종의 몽타주 기법이다. 다양한 장면들을 이어 붙여 전체적인 상황의 본질을 간결하지만 여운 있게 전달하는 것이다. 〈돼지효과에 대한 한 보고〉, 〈현모열전〉, 〈오징어와 공생하는 세 가지 방법〉 등을 대표적인 사례로 들 수 있다. 〈돼지효과에 대한 한 보고〉에서 작가는 돼지라는 공통된 소재를 통하여 중국·한국·미국의 비정한 세태와 인간의 한계를 스틸 사진처럼 찍어내고 있다. 〈현모열전〉에서도 '현모賢母'라는 말과는 너무도 거리가 먼 우리 시대 어머니들의 광적인 교육열을 '맹자어미상', '석봉어미상', '율곡어미상'이라는 세 가지 꼭지를 통해 효과적으로 드러내고 있다. 후쿠시마 원전 사고

와 같은 대재앙으로도 덮어 버릴 수 없는 범인들의 일상을 보여주는 〈오징어와 공생공사하는 세 가지 방법〉에서도 이러한 특징은 그대로 나타난다.

미니픽션minifiction은 나뭇잎이나 손바닥만한 분량이라고 해서 엽편葉片소설이나 장편掌篇소설이라고 불리기도 하였다. 오랫동안 본격적인 문학 장르로 인정받아 오지 못했지만 20세기 세계문학의 거장으로 일컬어지는 호르헤 루이스 보르헤스Jorge Luis Borges나 가브리엘 가르시아 마르케스Gabriel Garcia Marquez의 수준 높은 작품들에서 확인되듯이 최근에는 주요한 서사 장르로 부상하고 있다. 이것은 미니픽션이 가진 신속성·명료성·간결성 등이 현대 정보화 사회의 기본 성격과 일맥상통하는 측면이 있기 때문일 것이다.

그러나 미니픽션도 '미니'픽션인 동시에 어디까지나 미니'픽션'이라는 사실을 잊어서는 안 된다. 본래의 소설이 가진 문학적 감동과 지적·윤리적 성찰의 장을 제공하지 못한다면, 오히려 미니픽션은 그와 유사한 SNS 등의 소통 매체가 널리 퍼진 오늘날 그 존재 의의를 얻기 힘들 것이다. 이러한 맥락에서 때로는 차분하게 때로는 진중하게 삶의 진실을 천의 얼굴로 전달하고 있는 구자명의 《진눈깨비》는 우리 시대 미니픽션의 운명, 나아가 서사 장르의 운명을 측정해 볼 수 있는 하나의 시금석이라고 보아도 큰 무리가 아닐 것이다.